Ali

Les Secrets
Du
Temps

A.G LEWIS

CHAPITRE 1 :
L'Orphelinat

Alice n'avait jamais aimé l'orphelinat du Saint Sinistre. Quand elle eut sept ans, Alice prit l'habitude d'ajouter chaque jour un petit bâton à l'encre sur son journal personnel. Son unique objet personnel avec son lapin en peluche. Celui-ci d'ailleurs avait une mine bien misérable. Avec le temps, il avait pris une couleur écru presque gris et avait perdu un œil maladroitement rafistolé avec un bouton. Son aspect pelucheux et doux avait depuis longtemps disparu et ce n'était plus qu'un vieux lapin rugueux et sale.

Mais il était à elle, tout comme son carnet, objets qu'elle gardait précieusement à l'abri des chapardeurs de l'orphelinat.

À l'âge de onze ans, elle dut demander à Madame Dozieu, la directrice de l'orphelinat, un nouveau journal, le sien était rempli de petits bâtons. Non sans rechigner, elle avait fini par lui en fournir un autre.

Elle en était à la septième page aujourd'hui. Elle n'écrivait jamais et se contentait d'ajouter un bâton chaque jour. Comme les autres enfants de l'orphelinat, Alice ne possédait pas sa propre chambre, aussi devait-elle cacher son précieux journal dans son lit. Un jour sous le matelas, un jour sous l'oreiller.

À douze ans, Alice était un petit brin de fille, menue comme une crevette, avec des cheveux blonds comme les blés raides comme des baguettes, et des yeux semblables à deux violettes. Elle n'aimait pas trop son apparence, sauf peut-être ses yeux. À mesure qu'elle grandissait, Alice sentait aussi ses espoirs s'éloigner.
Bien sûr en tant qu'orpheline, elle avait toujours rêvé d'avoir une famille. Qu'un jour, une personne, n'importe qui, franchirait les portes de l'orphelinat pour la réclamer et l'emmener loin d'ici. Loin de cet endroit qu'elle n'avait jamais aimé, dans lequel elle ne comptait pas. Dans lequel elle n'avait jamais été aimée.

Évidemment, personne ne vint. Personne ne venait jamais. L'orphelinat du saint sinistre était situé dans un petit village du comté d'Oxford du nom de South Hinksey.

Excentré, face à l'autoroute et au milieu de nulle part, le Saint Sinistre ne pouvait mieux porter son nom ! Les mauvaises herbes avaient envahi la cour et, peut-être n'était-ce que le fruit de son imagination, mais, pour Alice cet endroit n'avait jamais connu un seul jour ensoleillé. C'était comme si un énorme nuage noir avait élu domicile juste au-dessus de l'orphelinat et avait décidé de ne plus jamais partir. Enfin. Alice s'était déjà presque résignée.

Pourtant ce matin-là, elle choisit tout de même de se lever de meilleure humeur que d'habitude. Après tout, ce n'est pas tous les jours que l'on a douze ans. Il n'y aurait pas de fête à l'orphelinat bien sûr, mais pour l'occasion, elle recevrait une nouvelle tenue (sans doute récupérée chez les plus grands) et elle pourrait dormir dans un lit plus grand dès ce soir. Ses genoux lui faisaient mal à force de dormir en repliant les jambes dans son lit actuel, qu'elle occupait depuis l'âge de six ans.

Une fois ses vêtements trop petits revêtus, Alice descendit les marches grinçantes qui menaient au réfectoire où les enfants prenaient leur petit déjeuner.

- Tu ne pensais pas que j'avais oublié ma petite mignonne ?! lui lança Madame Bonamy en lui tendant une belle moitié de pain au chocolat, mange le vite avant que les autres le voient ! C'est tout ce que j'ai pu récupérer du petit déjeuner de la directrice !

Ses grosses joues avaient pris une jolie teinte rosée. Madame Bonamy était une petite bonne femme toute ronde, remplie de gentillesse. La seule personne de l'orphelinat qui était douce avec les enfants. Ses joues rosissaient au moindre effort et lui donnaient l'allure d'une grosse sucette à la fraise. De temps en temps, lorsque Madame Dozieu, la directrice, ne finissait pas son petit déjeuner astronomique, elle sauvait quelques restes pour les enfants. Comme aujourd'hui.

- Joyeux Anniversaire ma puce, allez, file hop ! Au suivant !

Après l'avoir remercié chaleureusement, Alice alla s'installer dans le coin le plus éloigné du réfectoire. À l'abri des chapardeurs et autres nuisibles, elle entreprit de manger sa moitié de pain au chocolat, véritable trésor de guerre dans cet endroit.

- Tiens Tiens ! Qu'est-ce que nous avons là ?

Celui qui avait dit cela, c'était Aymeric Grinchal, la brute de l'orphelinat et le chef des chapardeurs. Alice n'eut pas le temps de se retourner que le poing d'Aymeric s'abattit sur son nez.

Sonnée, elle se leva rapidement, tenant son nez à deux mains. Un liquide chaud se répandait entre ses doigts. Les larmes aux yeux, elle foudroya du regard Aymeric qui, très content de son méfait, riait à pleins poumons. L'accompagnait Mertha et Goeffrey, ses deux acolytes. Mertha ressemblait à un vieux chat maigre et hargneux et Geoffrey à un troll aux yeux globuleux. Pas étonnant que ces trois-là soient amis. Leur cruauté n'avait d'égale que leur stupidité. Avant qu'Alice eut le temps de dire quoi que ce soit, Aymeric avait déjà mis la main sur son trésor.

- Je crois que c'est trop beau pour toi la brindille, dit-il méchamment en enfournant la moitié de pain au chocolat en entier dans sa bouche, MMMm Ch'est délichieux ! poursuivit-il en mâchant bruyamment.

Alice essaya de chercher de l'aide en regardant autour d'elle, mais tout le monde la fuyait du regard ou l'observait, mais avec indifférence. Personne ne voulait se mettre à dos Aymeric et son équipe de chapardeurs, et ce même si aucune provocation n'était nécessaire pour qu'ils vous tombent dessus. Ils faisaient et prenaient tout ce qui leur plaisait. Aymeric avait 14 ans et était très grand pour son âge. Bâti comme un taureau, les épaules et la mâchoire carrés, il terrifiait tout le monde, y compris les plus âgés.

Aussi, Alice fit la seule chose censée qu'elle put faire. Partir, silencieusement, portant son plateau d'une main et tenant son nez sanglant de l'autre. Elle fit un effort insurmontable pour ravaler ses larmes, et ne pas donner cette satisfaction à Aymeric et sa bande.

- Tu connais la règle Alice, lui lança Aymeric dans son dos, pas de privilèges ici, c'est toujours le plus fort qui gagne !

Alice ferma les yeux quelques secondes pour se calmer, ce qui fut une très mauvaise idée. L'une de ses baskets étant mal lacée, elle trébucha envoyant voler plateau, assiette de porridge et verre de lait qu'elle n'avait pas touché, dans un grand fracas. Des rires tonitruants s'élevèrent aussitôt, envahissant le réfectoire.

C'en était trop pour Alice. Cette journée ne faisait que commencer. C'était son anniversaire, et la seule chose agréable qui lui était arrivée venait d'être anéantie de la pire des façons. Ho elle avait l'habitude d'être tourmentée par Aymeric et sa bande, mais elle avait espéré, ce jour plus que tout autre qu'ils ne s'intéresseraient pas à elle.

Le gros visage rose de Madame Bonamy apparut soudain devant elle, alors qu'elle essayait de ramasser les morceaux de son assiette.

- Va à l'infirmerie ma petite, je vais m'en occuper…lui dit-elle dans un murmure gêné.

Même Madame Bonamy était impuissante. Elle avait bien essayé de faire réagir Madame Dozieu sur le comportement brutal d'Aymeric, mais celle-ci était restée sourde aux plaintes, et du personnel et des enfants de l'orphelinat.

- C'est ainsi qu'ils s'endurcissent ! S'ils ne peuvent pas se défendre ici, comment feront-ils plus tard ? Je vous le demande !

C'était la conception de l'éducation selon Madame Dozieu.

Cette femme acariâtre et intraitable était la directrice du Saint Sinistre depuis une éternité selon Alice. D'aussi loin qu'elle s'en souvienne, les petits yeux d'aigles de la directrice l'avaient toujours transpercé de regards peu amènes et elle avait toujours eu cette moue étrange qui courbait ses lèvres en un rictus de mécontentement constant.

Bien qu'une colère noire assombrissait d'ores et déjà son humeur, Alice jeta un regard plein de gratitude et de larmes à Madame Bonamy et s'enfuit à toutes jambes vers l'infirmerie. Les rires s'estompaient derrière elle quand elle se remit à marcher.

L'infirmerie se situait à l'extérieur de l'orphelinat. Le cabanon de fortune, qui comportait deux chambres vétustes et une petite salle de consultation, ressemblait à un vieil abattoir à cochons, aménagé à la hâte. La plupart des instruments médicaux présents dans cet endroit semblaient dater de l'époque médiévale. C'était sans doute le deuxième endroit au monde plus effrayant que l'orphelinat pour Alice. Malheureusement, les nombreux affrontements avec Aymeric, qui en en avait fait sa victime favorite, l'obligeait à s'y rendre régulièrement.

Alors qu'elle traversait la cour, Alice entendit un pépiement près de son oreille. Elle chercha autour d'elle et soudain elle le vit. Un volatile minuscule tournait autour de sa tête en pépiant avec vigueur. Alice tenta de la chasser, mais le petit oiseau était trop vif. Comme s'il réagissait avec colère, l'oiseau se mit à lui tirer les cheveux et lui picorer le haut du crâne.

- Rhô, mais laisse-moi tranquille enfin !cria Alice, en agitant les bras au-dessus d'elle.

À sa grande surprise, le petit oiseau cessa son attaque et se maintint en vol un petit instant. Il était minuscule, avec des plumes violette et bleue. Et il s'en fut comme il était venu. Alice aurait pu rester un instant dans la cour, réfléchir à cet étrange incident, mais son nez s'était remis à saigner abondamment.

Madame Aujemal, l'infirmière de l'orphelinat, ne parut guère étonnée en voyant le visage ensanglanté d'Alice.

- Encore vous, Miss Mervel…Lui lança-t-elle entre deux bouffées de cigarettes.

Elle lui donna du coton et une lotion à l'odeur douteuse pour éponger le sang sur son visage et ses mains puis l'invita à s'allonger dans le lit branlant d'une des chambres.

L'odeur de bois moisi et la couleur verte des vitres donnaient à la pièce un aspect de marécage en boîte.

Quand elle fut enfin seule, Alice se laissa aller. Elle pleura un peu. Pas beaucoup. Elle gardait la tête un peu en l'air même si elle était allongée. Une des lattes du lit était cassée et s'enfonçait dans son dos.

Quand elle sortit enfin de l'infirmerie, son nez ne saignait plus. Elle gardait deux morceaux de cotons enfoncés dans le nez tout de même, pour éviter une autre hémorragie.

Son ventre se mit à gargouiller et elle en vint même à regretter le porridge informe et sans goût plus que la moitié de pain au chocolat. À chaque jour suffit sa peine, se dit-elle à voix basse.

CHAPITRE 2 :
Les colibris fous

La journée avait commencé de manière épouvantable. Mais Alice prit sur elle de retrouver sa bonne humeur du réveil. Aymeric et sa bande ne s'intéresseraient plus à elle, du reste de la journée. S'il y avait un seul point positif à retirer de cette histoire, c'était bien celui-là.

Elle passa donc le reste de la matinée dans la bibliothèque de l'orphelinat. Elle ne contenait que de vieux livres usés, au sujet aussi ennuyeux que la pêche des saumons, ou l'expansion de l'agriculture au 21e siècle. Mais c'était le seul endroit ou Alice pouvait rester seule et laisser libre cours à son imagination. Il y avait un livre en particulier qu'elle aimait beaucoup.
Il n'était pas fantastique ou rempli d'images amusantes. C'était juste un livre de photos de paysages divers, prises en Écosse. Alice s'y plongeait, en imaginant qu'elle courait dans ses plaines verte et jaune, les cheveux au vent, sans Aymeric, Mertha, ou Geoffrey à ses trousses.

L'heure du déjeuner arrivant, Alice se rendit au réfectoire et mangea son déjeuner aussi rapidement qu'elle put, avant que les autres enfants n'arrivent. Madame Bonamy ne lui posa aucune question, voyant ce manège reproduit régulièrement par les enfants voulant échapper à Aymeric et sa bande de brutes.

Comme tous les dimanches, l'après-midi serait consacré à ce que Madame Dozieu appelait des travaux manuels de jardinage, mais qui consistaient essentiellement à du désherbage. La cour de l'orphelinat en étant envahie, Mme Dozieu ne se préoccupait même plus de chercher d'autres activités pour occuper les enfants le week-end.

Au grand soulagement d'Alice, même Aymeric ne pouvait désherber et terroriser les enfants en même temps.
Du moins le pensait-elle, jusqu'à ce qu'une botte de terre l'atteigne en pleine tête alors qu'elle s'acharnait sur une racine tenace. Elle tomba dans la boue sous la surprise, et sentit la plante qu'elle tenait lui écorcher la main. Aymeric se tenait à quelques mètres d'elle et faisait semblant de continuer à désherber tout en riant avec ses deux acolytes. Roger, l'un des surveillants, faisait sa

ronde entre les enfants et ne semblait pas avoir remarqué le manège d'Aymeric.

Alice soupira et reprit son désherbage, avec une belle entaille dans la main. Elle ne voulait pas retourner à l'infirmerie. Deux fois dans la même journée, même elle n'avait pas battu ce record.

Un autre enfant du nom de Romain tomba aussi. Quand Alice vit la botte de terre à côté de lui et Aymeric qui se tordait de rire, elle fulmina et eut une idée.

Roger allait bientôt passer près d'elle.

Elle prit une énorme botte de terre et la lança vers Aymeric, qui la reçut de plein fouet au visage. Il s'arrêta net de rire, et son horrible face carrée prit une teinte violette. Mertha s'était mise à rire, et Geoffrey lui donnait des coups pour qu'elle arrête. Alice fixa Aymeric avec un air de défi. Celui-ci prit alors une pierre de la taille d'un poing et la lança sur Alice. Elle se baissa au dernier moment, et la pierre finit son parcours sur la nuque de Roger.

Alice avait repris son désherbage et Roger, qui s'était retourné pour voir d'où venait la pierre, ne vit qu'Aymeric, debout, encore en position.

- ÇA T'AMUSE ?! hurla-t-il

- Mais c'est elle, c'est… c'est à cause… bégaya
  Aymeric, soudain moins menaçant.
- JE NE VEUX RIEN SAVOIR, le coupa Roger
  dont les yeux sortaient de la tête, DANS LE
  BUREAU DE LA DIRECTRICE
  IMMÉDIATEMENT !

Roger attrapa Aymeric par l'oreille et le traîna à
l'intérieur de l'orphelinat. Alors qu'il s'éloignait, Alice lui
fit un petit signe de la main avec un sourire de revanche.
Son ingéniosité lui avait toujours permis de rendre la
pareille à Aymeric, car jamais, jamais elle ne se laisserait
faire en toute impunité.
Elle savait qu'elle allait payer cher ce qu'elle avait fait.
Mais cela en valait toujours la peine.

Une fois le désherbage terminé, les enfants pouvaient
s'amuser dans la cour librement avant de dîner. Le froid
avait transi nombre d'entre eux, qui préférèrent rentrer
se réchauffer. Alice resta dehors avec une douzaine
d'enfants.
Romain, qui tenait à la remercier pour son intervention
avec Aymeric, s'approcha timidement :
- Heu… Alice, je voulais te dire… hum… je…

- Ce n'est rien Romain.
- Je suis désolé pour ce matin, c'est qu'Aymeric et sa bande me font tellement peur. Je voudrais bien être courageux comme toi des fois.
- Je t'ai dit que ce n'était rien Romain, lui dit Alice d'un ton sec, car elle voulait rester un peu seule.

Ce n'est pas qu'elle n'était pas sociable, loin de là, mais les autres enfants l'ennuyaient. Ils n'avaient pas son imagination, aussi, elle avait essayé au début de s'intégrer, mais sans succès.

Comprenant sans le dire, Romain s'éloigna les mains dans les poches.

Alice se rendit sous l'unique arbre de la cour, un vieux chêne grisâtre, qui n'avait plus aucune feuille à cette période de l'année.

Assise sur un tapis de feuilles mortes, Alice observa la nuit tomber doucement sur l'orphelinat. Elle sortit son carnet pour y ajouter un énième bâton.

C'est alors qu'elle se redressa brusquement. Quelqu'un arrivait. C'était Aymeric, flanqué de Geoffrey. Mertha avait dû tomber en disgrâce suite à son manque de soutien à son maître. Alice se releva vivement, prête à l'affronter. Mais la cour était vide, et aucun surveillant ne traînait dans les parages.

- Espèce de sale petite peste ! À cause de toi je suis consigné pendant 1 mois ! Tu vas me le payer !
- C'est de ta faute Aymeric ! répliqua Alice, tu n'aurais pas dû me jeter cette botte de terre ! Ça t'apprendra à t'en prendre toujours à plus faible que toi !
- Et bah tu vas voir, grinça-t-il en tordant sa face violacée.

Il attrapa Alice par le col et la souleva de terre. Il faisait au moins deux têtes de plus qu'elle.

Soudain, venue de nulle part, une forme arriva en hurlant et percuta Aymeric de plein fouet. Celui-ci lâcha Alice et alla s'effondrer sur le sol en pestant comme un diable. Geoffrey poussa un cri aigu.

La forme qui avait surgi se releva et Oh surprise ! Ce n'était autre que Romain. Il se posta près d'Alice et lui fit signe qu'elle ne se battrait pas seule cette fois. Revigorée, Alice était à nouveau prête à affronter Aymeric. Fou de rage, Aymeric se releva et s'apprêtait à nouveau à fondre sur les deux enfants qui lui faisaient face, avec l'aide de Geoffrey cette fois.

Ils arrivaient comme deux boulets de canon, et Romain fermait déjà les yeux en serrant ses deux poings tremblant devant lui, quand ils s'arrêtèrent brusquement. Ils regardaient fixement au-dessus d'Alice et de Romain.

Alice leva les yeux, et tout comme Romain, ne put s'empêcher de pousser un cri d'étonnement. Au-dessus d'eux voletaient, non pas un, mais au moins une vingtaine de petits oiseaux ! Ils étaient semblables à celui qui l'avait attaquée ce matin. Mais cette fois, ils prêtaient leurs attentions aux deux brutes plutôt qu'à Alice. Ils s'avancèrent en volant vers Aymeric et Geoffrey, qui reculèrent.

Les oiseaux en eux-mêmes n'avaient pas l'air menaçants. C'était plutôt leur comportement étrange qui était troublant.

Et soudain, sans crier gare, ils fondirent sur les deux garçons. Affolés, les deux brutes faisaient de grands gestes, comme Alice ce matin, pour s'en débarrasser, mais les oiseaux étaient impitoyables. L'un tirait les cheveux d'un côté, l'autre piquait le crâne avec force. Alice ne put résister au spectacle, et se mit à rire, bientôt suivi de Romain.

Les oiseaux cessèrent bientôt leur attaque, et Aymeric et Geoffrey s'enfuyaient à grands cris avant de disparaître dans l'orphelinat.

Alice et Romain riaient toujours, et de bon cœur. Les petits oiseaux volaient maintenant autour d'eux en pépiant joyeusement.

- C'est bizarre quand même, ce comportement, pour des oiseaux, lui dit Romain, qui tentait de reprendre son souffle et son calme visiblement.
- Oui, je trouve aussi, répondit Alice, j'en ai vu un ce matin quand j'allais à l'infirmerie. Il agissait aussi comme eux. Je crois que ce sont des colibris. Mais je n'en avais jamais vu ici.

Alice et Romain observèrent les oiseaux qui volaient toujours autour d'eux en pépiant.

- On devrait rentrer, dit enfin Romain, qui craignait sûrement que, après Aymeric et Geoffrey, les oiseaux ne s'en prennent à eux aussi.
- Tu as sans doute raison. Il fait déjà sombre, répondit Alice.

La cour entière était en effet plongée dans la pénombre, ce qui lui donnait un aspect encore plus lugubre qu'en plein jour. Romain parut soulagé en constatant que les oiseaux ne les avaient pas suivis.

Ce soir-là, ils mangèrent ensemble pour la première fois.

Aymeric et Geoffrey étaient plus silencieux que jamais et jetaient des regards furtifs et terrifiés en direction d'Alice.

Elle s'endormit ce soir-là dans son nouveau lit, les jambes étendues, après avoir ajouté un bâton dans son journal. Mais cette fois-là, elle avait ajouté une petite étoile, signe que cette journée finalement n'avait pas été si terrible que ça.

Le lendemain, Alice se prépara comme à son habitude pour se rendre à l'école. Elle et d'autres enfants étaient scolarisés à l'école du village, non loin de l'orphelinat.

Alice aimait beaucoup l'école, et de plus, Aymeric était déjà au collège, ainsi elle ne l'avait pas sur le dos toute la journée.

Elle s'apprêtait à franchir les portes de l'orphelinat pour aller prendre le bus quand Madame Dozieu fit irruption dans le hall.

Arborant sa moue habituelle, elle cherchait du regard quelque chose. Ou plutôt quelqu'un.

- Vous voilà Miss Mervel ! Je vous cherche partout depuis tout à l'heure ! Suivez-moi ! lui dit-elle quand elle la vit.

Alice, qui ne savait jamais à quoi s'attendre quand elle était convoquée par la directrice, la suivit avec une angoisse grandissante. Elle vit Aymeric de l'autre côté du hall qui la regardait en souriant avec un air sournois. Que se passait-il ? Elle n'avait pas répondu à la provocation d'Aymeric le matin de la veille, et il n'a pas pu raconter sérieusement à Madame Dozieu que des oiseaux l'avaient attaqué alors qu'il s'apprêtait à s'en prendre à elle à nouveau.

- Ne traînez pas, dépêchez-vous ! lui asséna la directrice en la foudroyant avec ses yeux d'aigles, j'ai déjà perdu assez de temps comme ça.

Cela n'annonçait rien de bon.

Le bureau de Madame Dozieu était comme elle. Froid, sombre, et peu agréable à regarder. Une personne attendait assise sur le fauteuil miteux qui faisait face au bureau de la directrice. À leur arrivée, elle se leva, et Alice vit que c'était une femme, d'une quarantaine d'années, très belle. Elle ne l'avait encore jamais vue.

Madame Dozieu lui fit signe de s'asseoir et poussa du pied un vieux tabouret vers Alice, qui s'y installa sans quitter des yeux la belle inconnue. Ses cheveux avaient la couleur du chocolat et tombaient sur ses épaules comme une fontaine de boucle.

- Alice, dit madame Dozieu sans se départir de sa mauvaise humeur, je te présente Madame Elisa. C'est ta… hum… comment dire cela ? C'est ta tante, voilà.

CHAPITRE 3 :
Madame Elisa

- Bonjour Alice, dit calmement Madame Elisa.

Alice n'en croyait pas ses oreilles.

Elle ne se connaissait aucune famille en vie. Elle avait été déposée aux portes de l'orphelinat le jour de sa naissance, le 20 février 1999, durant le jour le plus froid de l'hiver. Seule une lettre l'accompagnait, indiquant son nom et sa date de naissance.

Madame Dozieu lui avait dit que sa mère était sans doute une femme de peu de vertu et que c'était pour cela que personne ne s'était manifesté pour réclamer une enfant née dans le péché.

Alice essaya d'articuler quelque chose, mais aucun son ne sortit de sa bouche. Agacée, Madame Dozieu reprit :

- Madame Elisa, et un homme du nom d'Archibald Mervel ont découvert ton existence récemment. Tu serais la fille d'un membre de leur famille, un certain Jonas…

- Si vous le permettez j'aimerais continuer à partir de là, l'interrompit d'une voix douce Madame Elisa.

Prenant un air offensé, Madame Dozieu se tut en lui lançant un de ses regards peu amènes.

- Ton père Jonas Mervel était mon frère, reprit Madame Elisa sans prêter attention à la directrice, je suis venue dès que j'ai su que tu existais. Vois-tu, nous ne savions pas que Lorelei et mon frère avait eu un enfant.

Lorelei était donc le prénom de sa mère. Et Madame Elisa parlait d'elle comme si elle l'avait connue.

Retrouvant sa voix, Alice demanda :

- Vous connaissiez ma mère ?
- Oui, bien sûr. D'ailleurs, tu lui ressembles beaucoup, tu sais.

Elle ne savait pas en réalité, elle n'avait jamais pu trouver de photo de sa mère ni de son père. Et elle avait beaucoup cherché.

- Quoi qu'il en soit, en ma qualité de parent proche tu vas être sous ma responsabilité maintenant, et celle de ton grand-père.

Alice ressentit alors une chaleur soudaine envahir tout son corps. Serait-ce réel ? Est-ce que quelqu'un est finalement venu pour l'emmener loin de cet endroit ? Madame Dozieu, qui avait les lèvres bleues à force de les pincer, profita du silence pour reprendre la parole :

- Tout est en règle de notre côté, et votre donation est la bienvenue, par les temps qui courent. Vous n'avez pas l'air de vivre dans le besoin Madame, si je puis me permettre. Et nous avons pris soin de cette petite pendant douze ans, ça vous fait des économies.

Alice en devint rouge de honte. Il est vrai que Madame Dozieu n'avait jamais été vraiment polie, mais c'est la première fois qu'elle se montrait aussi grossière devant une personne de l'extérieur. Madame Elisa n'eut pas la moindre réaction, et couvait Alice de ses yeux noisette.

- Vous devriez monter chercher vos affaires dans le dortoir, reprit la directrice sur un ton mauvais, j'ai perdu assez de temps comme ça !

Alice ne se le fit pas dire deux fois. Lui souriant toujours, Madame Elisa lui dit gentiment de la rejoindre dans le hall dès qu'elle serait prête. Tandis qu'elle rejoignait le dortoir, un millier de questions tournaient dans la tête d'Alice, tant et tant qu'elle commençait à avoir mal à la

tête. Elle attrapa son vieux lapin et son carnet à la hâte.
Elle n'avait pas grand-chose à prendre évidemment.
C'est ainsi qu'elle fut cinq minutes plus tard dans le hall,
trépignant d'impatience.

Madame Elisa ne tarda pas à arriver, suivit de la
directrice. Celle-ci marchait lentement, le regard éteint.
Madame Elisa au contraire souriait toujours. C'est à cet
instant qu'Alice comprit ce que voulait dire la directrice
plus tôt dans le bureau. Madame Elisa portait une robe
bleue richement brodée, et un manteau d'une grande
élégance. Avec ses gants, elle ressemblait vraiment à une
grande Dame.

- Allons-y, lui dit-elle joyeusement, j'ai hâte de te
montrer le manoir !

Elle la prit par la main et se dirigea vers l'entrée. Alice
lança un dernier regard vers Madame Dozieu qui n'avait
pas bougé et regardait droit devant elle, le regard
toujours éteint. Comme pour répondre à la question
qu'elle n'avait pas encore formulée Madame Elisa lui
murmura :

- Ne t'en fais pas pour elle, elle retrouvera ses
esprits dans quelques heures, je ne pouvais pas
m'en aller sans lui jouer un mauvais tour ! Elle

est véritablement l'une des personnes les plus
odieuses que je n'ai jamais rencontrées, et j'en ai
rencontré des personnes épouvantables !

Elle rit alors aux éclats. Alice ne pouvait qu'acquiescer,
ayant été pendant longtemps le bouc émissaire de la
directrice, et ne put s'empêcher de sourire à son tour.

La voiture de Madame Elisa était une coccinelle rouge,
rutilante. Alice prit place sur le siège passager et
Madame Elisa démarra le véhicule.

Alice vit l'orphelinat s'éloigner dans le rétroviseur et
soudainement, elle eut une pensée pour Romain. Il se
demandera sûrement où elle est, mais à présent qu'elle
n'était plus une orpheline elle n'avait plus sa place ici.

Son cœur se serra, mais elle savait qu'elle ne pouvait rien
y faire.

Madame Elisa prit l'autoroute vers le sud. Alice
regardait par la fenêtre, avide de découvrir le monde au-
delà de l'orphelinat.

- Tu as mangé ce matin ? lui demanda Madame
  Elisa.

- Oui, du porridge et un verre de lait.

- Eurk ! fit Madame Elisa en prenant un air dégoûté, regarde dans la boîte à gant, il doit y avoir quelque chose de bon à manger.

Alice l'ouvrit et se mit à chercher. Un mouvement la fit sursauter et un colibri surgit soudain dans l'habitacle.

- Rholala, ils se fourrent vraiment partout. Allez zou ! dehors ! dit Madame Elisa en ouvrant la fenêtre.
- Vous aussi, ils vous suivent partout ? demanda Alice, intriguée.
- Que veux-tu dire ?

Alice lui raconta en détail ce qu'il était passé dans la journée d'hier, sans omettre un détail.

- Je suis ravie de voir que tu es très courageuse, comme ton père, dit Madame Elisa avec une pointe de fierté dans la voix, en ce qui concerne les colibris, ils ne viennent pas d'ici. Ils ont dû sortir en même temps que moi.
- Que voulez-vous dire ?
- Et bien, je ne viens pas d'ici. Enfin pas vraiment. Et toi non plus. Ton père et ta mère viennent d'un autre monde. On l'appelle avec humour le… hum… monde des mille merveilles.

Les colibris que tu as vus sont des messagers, on s'en sert pour transmettre des messages. Ce que vous appelez téléphone n'existe pas chez nous. Nous avons bien sûr des miroirs qui communiquent, mais les colibris coûtent moins cher et sont moins compliqués à utiliser !

Alice se demandait si ce n'était pas une mauvaise blague. Elle craignit d'abord que la femme qu'elle avait suivie si aveuglément ne fût pas vraiment sa tante. Mais madame Dozieu n'aurait jamais osé laisser un enfant quitter l'orphelinat avec un inconnu sans vérifier son identité. Oserait-elle ?

Madame Elisa prit un biscuit dans la boîte à gant et le tendit à Alice.

-   Ne t'en fais pas, je pense que de toute façon, le mieux c'est que tu le vois pour le croire.

Elles roulèrent en silence à travers ce qu'Alice reconnut comme Bagley Wood. La forêt arborait une triste mine en cette période de l'année, et Alice aurait tant voulu la voir au printemps. Mais quelques conifères avaient conservé leur couleur verte, ce qui rendait le paysage plus gai. Madame Elisa bifurqua, et se mit à rouler sur un sentier de terre.

- Où allons-nous ? se risqua Alice dont le cœur se serrait à mesure que la coccinelle s'enfonçait de plus en plus dans la forêt.

- Nous n'en avons plus pour longtemps, répondit Madame Elisa sans quitter la route des yeux.

Elle tourna alors en quittant le sentier et fit rouler sa coccinelle entre les arbres avec une habileté déconcertante. Elle coupa enfin le moteur et descendit de la voiture, imitée par Alice. Elle avait arrêté la coccinelle près d'un mur couvert de lierre. Elle frappa trois coups sur le mur comme s'il s'était agi d'une porte. Alice la regardait, interloquée et curieuse à la fois. Soudain, entre deux branches de lierre, surgirent un museau, puis une tête de lapin. Alice se demandait ce qui était le plus étonnant, le fait qu'il porte un chapeau haut de forme ou qu'il ait la tête qui sortait du mur.

- C'est pourquoi je vous prie ? Ho c'est vous Madame Elisa !

Alice en tomba à la renverse. Les fesses sur le sol elle s'écria :

- Mais il parle ! Le lapin ! Il a parlé ! Vous avez vu !?

Le lapin l'observait avec un air étonné, et madame Elisa avec un air amusé.

- Oh mais c'est la petite Alice, qu'est-ce que tu ressembles à ta mère dis donc ! dit le lapin d'une voix haut perchée, j'espère que tu ne t'es pas fait mal au moins ?

Alice se releva, sous le choc.

- Alice n'a encore jamais vu de Lapin qui parle Arthur, dit madame Elisa en s'adressant au lapin comme si c'était la chose la plus normale du monde.

- Oh je vois, bon, trêve de bavardage, entrez vite Madame Elisa, Archibald vous attend dans le salon. Je vous ouvre le portail.

Sur ces mots, le lapin disparut comme il était venu. Alice remonta dans la voiture, et se demanda quel genre de biscuit sa tante avait bien pu lui donner.

Un portail de bois s'ouvrit alors derrière le rideau de lierre, là où Alice aurait juré n'avoir vu que de la pierre un instant auparavant.

La voiture s'engagea alors de l'autre côté du rideau de lierre, qui pendait dans l'ouverture.

Alice fut saisie de stupeur en découvrant le spectacle qui s'offrit à ses yeux. Tout était d'un vert étincelant, comme si l'hiver n'avait pas de prise sur cette partie de la forêt.

Un sentier de terre serpentait loin devant bordé de

l'herbe la plus verte qu'Alice n'eut jamais vu. Les arbres avaient toutes leurs feuilles et dansaient doucement, bercés par le vent. Alice vit alors derrière la fenêtre, ou était-ce son imagination elle ne savait plus vraiment, une petite chose bleu volante. Elle crut d'abord à un colibri, mais quand la chose se rapprocha de la voiture, elle vit qu'elle avait des jambes et des bras et une tête ! La créature était dotée de fines ailes comme les libellules et ses petits yeux d'un noir d'encre scrutaient Alice avec autant d'attention qu'elle la scrutait également.

- C'est une fée bleue, dit Madame Elisa, le jardin en est envahi. Elles ne sont pas méchantes, mais elles peuvent être très agaçantes. Un petit conseil: ne commence jamais à jouer avec elles à leurs petits jeux, elles ne savent pas s'arrêter.

Le sentier menait à une grande maison, plus grande que l'orphelinat. Les murs de pierre grise étincelaient au soleil, donnant à la bâtisse une couleur blanche éclatante.

Madame Elisa gara la voiture devant l'entrée.

- Bienvenue au Manoir Alice.

CHAPITRE 4 :
Le Manoir Mervel

À peine eut-elle posé le pied par terre, qu'Alice entendit une cloche tinter vigoureusement. Répondant à l'appel, un groupe de personnes vint s'aligner devant l'entrée dans une chorégraphie bien étudiée.

Ils étaient vêtus des uniformes noir et blanc des domestiques, qu'Alice avait déjà pu voir en passant un jour dans les beaux quartiers d'Oxford. Madame Elisa fit des présentations rapides.

Anette, une petite jeune femme aux cheveux roux flamboyant, était la femme de chambre. Stephan, un grand monsieur avec une calvitie et des cheveux gris était le majordome. Celui-ci se pencha vers Alice et lui fit un baise-main courtois.

- Ravi de vous rencontrer Mademoiselle Mervel ! lui dit-il.

Rosetta était la cuisinière. Elle rappelait à Alice Madame Bonamy et cette pensée lui plut. Elle en salua ainsi plusieurs. Oswald, un jeune valet, qui ne semblait pas plus âgé qu'elle, lui fit une révérence sur son passage.

Elle ne put retenir tous les noms. Jamais elle n'avait rencontré autant de monde d'un coup.

Madame Elisa conduisit ensuite Alice dans le manoir. Tout comme à l'extérieur les murs étaient faits de pierre grise. D'énormes chandeliers éclairaient l'intérieur, et Alice eut le sentiment d'avoir pénétré dans un château. Elle suivit Madame Elisa, qui avait emprunté un couloir, lui aussi éclairé par des chandeliers. Alors qu'elle marchait, Alice observait les immenses tableaux accrochés aux murs, qui représentaient des scènes hors du commun. Sur l'un d'entre eux, on pouvait voir une femme assise tranquillement sur une chaise en train de lire, la tête en bas, sa chevelure retombant vers le sol. Sur un autre, un homme d'une taille anormalement grande tenait dans sa main un cheval et se promenait le plus naturellement du monde sur une berge en bord de mer. Elles s'arrêtèrent enfin devant une grande double porte, qui s'ouvrit d'elle-même à leur approche. Enfin, c'est ce que pensait Alice avant de voir qu'un domestique se tenait de l'autre côté.

Le salon dans lequel elles avaient pénétré était immense, et richement décoré. Au centre de la pièce, d'énormes fauteuils à moulure d'or étaient disposés en cercle autour d'une table basse en bois brillant. Sur l'un des fauteuils, un homme vêtu d'un complet veston fumait une pipe distraitement en lisant le journal.

Il leva les yeux vers les nouvelles arrivantes.

- Vous voilà, enfin, dit-il dans un nuage de fumée épaisse.

Il se leva et vint à leur rencontre. Grand, les cheveux du même chocolat que Madame Elisa, il arborait une magnifique moustache de la même couleur.

- Bonjour, tu dois être Alice, dit-il, en la regardant intensément.

Il ressemblait vraiment beaucoup à Madame Elisa se dit Alice, et s'ils étaient vraiment tous de la même famille, elle n'avait pas encore vu la moindre ressemblance avec elle.

- Bonjour Monsieur, répondit-elle d'une toute petite voix.
- Tu peux m'appeler Archibald. Tu ressembles beaucoup à ta mère. Il n'y a aucun doute, c'est bien la fille de Lorelei, dit-il en regardant sa fille.
- Je le sais. Asseyons-nous, dit doucement Madame Elisa.

Alice s'installa en face de Madame Elisa et d'Archibald. Ce dernier demanda au domestique présent dans le salon de leur servir le thé. Quelques minutes plus tard, une tasse fumante entre les doigts, Alice attendait fébrilement l'instant où elle pourrait poser son millier de questions à sa nouvelle famille. Les choses incroyables qu'elle avait vues jusque-là dépassaient son imagination, pourtant déjà bien grande.

Et qui était donc son père, ce mystérieux Jonas Mervel ? Où se trouvait-il aujourd'hui ? Et sa mère à qui, selon Madame Elisa, elle ressemblait tant ?

Archibald avait posé son journal. Il but une gorgée de son thé et brisa enfin le silence :

- Tu dois te poser beaucoup de questions, j'imagine, et j'espère que nous pourrons répondre à un certain nombre d'entre elles. Tout d'abord, je voudrais que tu saches à quel point nous sommes heureux de t'avoir retrouvée. Quand les colibris m'ont rapporté ce qu'ils avaient vu dans cet orphelinat j'ai su qu'il fallait qu'on te sorte de là le plus vite possible. Si seulement nous avions su plus tôt que Jonas et Lorelei avaient eu une fille, dit-il d'un ton grave. Quoi qu'il en soit, tu es ici chez toi.

- Tiens, ce sont tes parents, dit Madame Elisa en lui tendant un cadre photo, cette photo a été prise quelque temps avant qu'ils ne quittent le manoir. C'était à peu près un an avant ta naissance.

La photo représentait un jeune couple souriant, d'une vingtaine d'années. Lui avait les mêmes boucles chocolat que madame Elisa, et était aussi grand qu'Archibald. Menue et lovée dans ses bras, une petite blonde aux yeux violets le regardait amoureusement. Elle comprenait mieux cette fameuse ressemblance avec sa mère maintenant.

Elle tendit le cadre à sa tante, qui le refusa d'un geste tendre :

-   Tu peux la conserver. Je t'en prie.

Alice parvint à balbutier un remerciement confus. Une émotion étrange l'avait envahie à la vue du portrait de ses parents. Une sorte de tristesse mêlée à de la joie. D'un côté elle connaissait enfin le visage et le nom de ses parents, et d'un autre côté leur absence n'en était, elle, pas moins évidente.

-   À l'époque, reprit Archibald qui fumait toujours sa pipe, avant ta naissance, le monde des mille merveilles a connu une guerre terrible…

- Archibald ! L'interrompit vivement Madame Elisa, je ne suis pas sûre que ce soit le bon moment pour évoquer ce sujet !
- Comment !? dit Archibald avec colère, tu ne veux pas expliquer à cette enfant ce qui a mené à son abandon !? Lui expliquer pourquoi elle a passé douze ans dans cet orphelinat ?!
- Bien sûr que si, je dis simplement que ce n'est pas le bon moment, voilà tout. Elle vient d'arriver, laisse-lui le temps de s'adapter au moins. Elle ne connaît rien de ce monde, et la seule chose que tu feras c'est lui faire peur.

Archibald se mit à bougonner dans sa moustache.

- Elle a douze ans, ce n'est plus un bébé.

Madame Elisa fit mine de s'avouer vaincue, mais mit en garde Archibald :

- Tu ne lui racontes que le strict nécessaire.

Alice les avait regardés se chamailler, se demandant s'ils n'avaient pas oublié sa présence. Archibald se tourna enfin vers elle.

- Je te disais donc, avant ta naissance, nous avons connu une guerre terrible. Des forces sombres s'étaient éveillées dans les bois maudits, et un homme est apparu, accompagné des pires créatures que ce monde ait pu voir. Il se faisait appeler — Archibald se mit soudain à murmurer — le sombre chapelier. Cet homme était vraiment de la pire espèce, rongé par la cupidité et la soif de pouvoir. Il avait le don de manipuler les esprits, et convoitait le trône, occupé alors par la fée blanche Elenor et son époux Alanor. Le peuple bien sûr s'est soulevé contre lui, et une guerre débuta. Des fées noires et des trolls ravageaient des villages entiers. Partout où il passait, le sombre chapelier semait la mort. La famille royale, qui avait épuisé une grande partie de ses ressources comme celles du peuple, dut faire appel aux Mervel.

À cet instant, Madame Elisa toussa bruyamment. Archibald lui jeta un regard en biais et se retourna vers Alice, suspendue à ses lèvres.

- Je te disais donc que la famille royale se tourna vers la famille Mervel. Disons que nous avions des capacités particulières qui pouvaient aider la famille royale, et tout le peuple du monde des mille merveilles.

Madame Elisa eut l'air soulagée.

\- Et cela fonctionna. Avec l'aide de Jonas, nous avons mis en déroute le Sombre Chapelier, sans pour autant le capturer malheureusement. Il arrivait toujours à nous échapper. Nous avions perdu sa trace dans le bois maudit depuis quelque temps quand le manoir a été attaqué par des fées noires. Nous étions absents avec Jonas, mais nous sommes arrivés à temps pour sauver Lorelei et ta tante Elisa. Personne n'a été blessé gravement, mais Jonas a jugé plus prudent de s'éloigner pour mettre Lorelei à l'abri. Nous avons décidé de rester ici et tes parents sont partis s'installer près d'Oxford. Ils limitaient les contacts entre les deux mondes. Nous avons appris la mort de Lorelei un an plus tard, et ton père avait disparu. Jonas nous avait caché la grossesse de Lorelei et aucun article ne parlait de la découverte d'un bébé sur les lieux où Lorelei avait été retrouvée. Nous avons appris ton existence il y a quelques jours.

Il ouvrit un tiroir de la table basse et en sortit une feuille. Il la tendit à Alice qui lut :

- Une enfant du temps se trouve à l'orphelinat du saint sinistre. Une enfant du temps ? s'étonna-t-elle. Qu'est-ce que ça veut dire ?

- Heu... ton père était... disons... se mit à balbutier Archibald

- Un horloger, l'interrompit madame Elisa. Un horloger de talent. C'est grâce à cela que nous avons su qu'il y avait un lien avec mon frère Jonas.

- Il n'y a pas de signature, dit Alice, savez-vous qui a envoyé cette lettre ?

- Non, lui répondit Madame Elisa, Anette m'a apporté mon petit déjeuner avec le courrier comme d'habitude, et cette lettre en faisait partie. Aucune enveloppe, juste cette feuille. Mes recherches nous ont vite conduites à Oxford, puis à South Hinksey où j'ai retrouvé ta trace grâce aux archives de la police.

- Nous avions recherché ton père, dit Archibald d'une voix triste, durant longtemps, mais il avait disparu, et pour faire bonne mesure le sombre chapelier également. Les années sont passées et jusqu'à aujourd'hui nous ne les avons pas revus, ni l'un ni l'autre. Sans leur leader, les fées noires se sont vite disséminées aux quatre coins du pays, et les trolls, sans la magie des fées, ont vite été mis en déroute et la paix est revenue.

Madame Elisa se resservit une tasse de thé. Alice se demandait quels genres de capacités pouvait bien posséder la famille Mervel pour que des rois et des reines fassent appel à eux en temps de guerre. Et qui était ce terrible personnage qui se faisait lui-même appeler Le Sombre Chapelier ? Elle n'osa pas poser ces questions à haute voix, au vu de la réticence évidente de sa tante sur le sujet.

- Voilà, tu sais à peu près tout, reprit Archibald, enfin l'essentiel en tout cas.

Il prit alors une clochette qui se trouvait sur le plateau et la fit tinter. Le domestique, un grand jeune homme blond, vint prendre le plateau de thé.

- Veuillez nous envoyer Anette, mon cher John, lui dit Archibald.
- Bien monsieur.

Une minute plus tard, Anette arrivait, elle avait dû courir, car elle avait les joues toutes rosies.

- Anette, veux-tu montrer sa chambre à Alice ? Et dis à Rosetta que nous allons déjeuner dans la véranda. Dans 30 minutes, cela serait parfait.

La jeune femme acquiesça tout sourire, et fit signe à Alice de la suivre.

Tenant toujours la photo de ses parents, Alice se leva et l'accompagna à l'extérieur du salon sous le regard bienveillant de sa nouvelle famille.

Deux étages plus hauts et quelques couloirs plus loin, Alice découvrit sa chambre. Moins extravagante que le salon, la pièce n'en était pas moins charmante. Un grand lit à baldaquin, un bureau et une grande armoire, tous faits de bois, constituaient l'essentiel des meubles. Une grande fenêtre laissait pénétrer la lumière du soleil. Après le dortoir, cette chambre ressemblait à un palace pour Alice. Elle se défit de ses maigres possessions, qu'elle avait emballées à la hâte en se servant d'un vieux sac rapiécé. Elle s'assit un instant sur le lit, et posa la photo sur la petite table de nuit qui le jouxtait.

- Quelle incroyable journée, se dit-elle à voix basse.

Lorsqu'elle ressortit de la chambre, Anette l'attendait à sa grande surprise.

- Je vous accompagne dans la salle à manger Mademoiselle Alice, si vous voulez bien me suivre.

- Merci mademoiselle, lui dit Alice poliment.

- Vous pouvez m'appeler Anette Mademoiselle. Je
  suis ravie de vous rencontrer, vous savez, je n'ai
  pas connu Madame Lorelei, mais elle était très
  appréciée ici.

Alice se sentit un peu gênée, elle en savait moins sur ces
parents que la plupart des gens qui vivaient ici. Elle suivit
Anette à nouveau, et ensemble elles descendirent au rez-
de-chaussée.

Elles repassèrent devant le salon et s'arrêtèrent quelques
mètres plus loin devant une autre double porte
semblable à la première. Anette entra, suivit de près par
Alice. La jeune femme de chambre semblait perplexe
tout d'un coup.

- Et bien où sont-ils ? Je pensais que c'était l'heure
  du déjeuner, dit-elle à haute voix, plus à elle-
  même qu'à Alice pourtant.
- Je crois que Madame Elisa a dit que nous allions
  déjeuner dans la véranda, lui dit Alice
- Ha bon ? Oh, bien sûr, j'avais oublié, je suis
  vraiment tête en l'air, répondit Anette en se
  frappant le front. C'est par ici, suivez-moi.

Elle tourna les talons, et conduisit Alice au bon endroit.

Ce que Madame Elisa appelait la véranda s'avéra être en réalité une sorte de serre géante au mur de vitres qui donnaient sur le jardin. D'immenses plantes qu'Alice n'avait encore jamais vues s'élevaient de part et d'autre de la pièce. Sous les hauts plafonds vitrés, Alice aperçut une ribambelle de colibris de toutes les couleurs ainsi que quelques fées bleues, comme celle aperçue le matin même.

Sa tante et son grand-père étaient installés sur une grande table en fer forgé, sur laquelle on avait disposé couvert et nourriture en abondance. Alice s'installa et Anette leur servit la soupe.

- Alors, comment trouves-tu ta chambre Alice ?
  Elle te plaît ? lui demanda Madame Elisa.
- Oui beaucoup, s'empressa de répondre Alice.
- Tant mieux. Je veux que tu te sentes ici chez toi.

Archibald lui posa quelques questions, sur sa vie à South Hinksey, l'école, ses amis si elle en avait. Alice tenta d'y répondre, en embellissant les choses du mieux qu'elle pouvait. En effet, certains détails de son existence arrachaient à Archibald des expressions tantôt tristes tantôt horrifiées.

- J'aimerais t'emmener demain faire une visite de la ville Alice, on pourrait en profiter pour faire

des emplettes, qu'en dis-tu ? lui demanda
Madame Elisa alors qu'ils entamaient le dessert,
une délicieuse tarte à la fraise.

- Avec plaisir ! répondit Alice joyeusement.

Ils n'évoquèrent plus le Sombre Chapelier ce jour-là ni
les parents d'Alice. Ils firent un peu connaissance, se
découvrirent un peu, et lorsqu'Alice rejoignit enfin sa
chambre pour se coucher, elle s'endormit avec la
conviction qu'elle était la petite fille la plus chanceuse du
monde.

CHAPITRE 5 :
L'Horloger

Un mois s'écoula, durant lequel Alice put en découvrir un peu plus sur le monde d'origine de ses parents.

Alice vit rapidement un sérieux rapport avec un très fameux livre, dans le monde où elle avait vécu les douze premières années de sa vie, et Madame Elisa lui expliqua, à sa grande surprise, que Caroll Lewis venait de ce monde !

- C'était un écrivain de talent, vraiment ! Et avec un don exceptionnel en Algèbre, il fut même un temps secrétaire royal ! lui avait-elle dit avec un enthousiasme mal contenu.

Elle s'habitua ainsi aux animaux parlant, aux fées bleues, aux objets loufoques qui s'animaient ou se réparaient comme par magie.

Le monde des mille merveilles était selon madame Elisa l'endroit où tout était possible. Une ancienne magie régnait sur ces terres, où les lois de la physique ne s'appliquaient pas comme dans l'autre monde.

- C'est ce que nous appelons, pompeusement je te l'accorde, la Grande Perception. Nous sommes

en quelque sorte des êtres capables de voir au-
delà des apparences, de sentir au-delà de ce que
nos sens nous permettent normalement de sentir,
et c'est précisément là que se trouve la vraie
magie, lui avait dit un jour Madame Elisa alors
qu'elles se promenaient ensemble dans le jardin.
Alice découvrit également que le monde des mille
merveilles se découpait un peu comme le monde qu'elle
connaissait, en parallèle plus exactement, avec plusieurs
continents, pays, villes…
Marvela était la capitale où résidait la famille royale. Et
les lapins, comme Arthur, avaient ceci de particulier (en
plus de parler) qu'ils étaient capables d'ouvrir des portes
entre les deux mondes. Le Manoir Mervel, quant à lui,
se trouvait à la périphérie de la capitale.

Afin de constituer sa garde-robe, Madame Elisa avait
conduit Alice dans le quartier marchand de la ville de
Marvela, la cour des merveilles, où elles visitèrent des
boutiques aussi extraordinaires les unes que les autres.
Robes qui s'ajustent automatiquement, jupes permettant
de voler, poupées qui dansent par magie, on y trouvait
vraiment tout. Alice s'était extasiée devant chacune des
vitrines.

Quand elle s'était enquise du sujet de sa scolarité avec Madame Elisa, celle-ci lui avait répondu qu'il n'y avait pas vraiment d'écoles dans le monde des mille merveilles. La plupart des habitants de ce monde ayant des dons très particuliers, ils les développaient auprès d'un Maître qui leur apprenait un métier.

-   Et moi j'ai des dons particuliers Tante Elisa ? lui avait-elle demandé.
-   Et bien tant qu'ils ne se sont pas manifestés nous ne pouvons pas en être certains, avait-elle répondu avant de changer de sujet.

Madame Elisa changeait toujours de sujet dès qu'Alice abordait de près ou de loin la question de ses possibles capacités extraordinaire, ou celles de son père. Elle sentait bien que sa tante et Archibald lui cachaient encore un certain nombre d'informations au sujet de son père, mais la tristesse qu'elle voyait sur leur visage lorsqu'elle l'évoquait la dissuada finalement d'insister.

Un jour, Alice entreprit de visiter le manoir d'un peu plus près. Elle avait eu l'occasion de faire une ou deux explorations seule, mais l'immensité du manoir faisait qu'elle n'en avait vu qu'une petite partie.

L'aile ouest était des endroits qu'elle n'avait pas encore visités. Cette partie du manoir l'intriguait particulièrement, car un cordon rouge monté sur deux barres dorées en barrait l'accès. Elle attendit donc que personne ne la voie pour s'y introduire.

Cela ressemblait beaucoup aux autres parties du manoir. Les murs de pierres grises, les tableaux. Alice parcourut les longs couloirs, ouvrit une porte, découvrit une vieille chambre envahie par la poussière. Derrière une deuxième porte un vieux salon, aux fauteuils recouverts de vieilles bâches. Un piano immense trônait, au centre la pièce. Des rideaux épais empêchaient la lumière de passer. Alice ressentit un frisson lui parcourir l'échine. Son courage avait certaines limites.

Dont celle de se retrouver seule dans une aile de manoir visiblement à l'abandon et sombre comme une cave. Elle ferma la porte vivement et se mit à marcher rapidement, revenant sur ses pas. Une soudaine panique l'envahit, car elle ne reconnaissait plus les lieux. Elle s'arrêta un instant.

Un grincement la fit sursauter.

- Il y a quelqu'un ? dit-elle, d'une voix plus aiguë qu'elle ne l'aurait souhaité.

Personne ne répondit. Alice prit alors ses jambes à son cou et ouvrit la première porte qui se trouvait sur son passage. Elle s'engouffra dans la pièce et referma la porte en s'y adossant brutalement. Son cœur battait si fort qu'elle l'entendait bourdonner dans ses oreilles.

Mais de quoi avait-elle peur ? Elle se dit alors qu'elle n'était pas rationnelle du tout. Elle n'avait aucune raison d'avoir peur après tout, elle était dans le manoir de sa famille, personne ne l'enverrait en prison pour avoir été un peu curieuse. Mais c'était une tout autre sorte de peur qui l'avait envahie soudainement.

Ses yeux s'accoutumant à l'obscurité, Alice put enfin distinguer les contours de la pièce dans laquelle elle se trouvait. L'endroit ressemblait à un atelier. Une grande table se trouvait au fond de la pièce sous la fenêtre ainsi qu'une chaise haute. Plusieurs armoires étaient disposées de part et d'autre. Alice s'avança vers la table. Elle ne risquait rien à ouvrir un peu les rideaux.

Quand la lumière pénétra dans la pièce, Alice ne put s'empêcher de retenir une exclamation de surprise

- Oh mon Dieu !

Les murs de l'atelier, car c'était bien un atelier, étaient recouverts d'horloges en tout genre. En argent, en bois, en or. Il y en avait en cristal, en porcelaine aussi ! Elle les regarda de plus près. Le travail était d'une beauté et d'une finesse incroyable. Sa tante lui avait dit que son père était un horloger de talent. Ce devait être son atelier ! Elle n'avait pas imaginé à quel point il était talentueux.

Elle observait de très près une horloge en or surmonté d'une ribambelle de papillons d'argent quand quelqu'un toussa. Le cœur d'Alice manqua de s'arrêter et elle se retourna lentement pour voir qui était l'intrus.

Sa tante se tenait debout derrière elle.

- On visite à ce que je constate.

Alice ne sut dire si elle était en colère ou non.

- Je voulais juste… je me suis… bafouilla-t-elle.
- Ne crains rien, je ne suis pas en colère, la rassura sa tante avec un léger sourire. Tu as trouvé l'atelier de Jonas. J'aurais dû t'emmener ici depuis longtemps, je n'en ai pas eu le temps et, je dois l'avouer, ni la force. C'était un endroit qui comptait beaucoup pour ton père.

Elle se pencha sur l'horloge qu'observait Alice.

- Jonas disait toujours que fabriquer des horloges c'était comme percer les secrets du temps. Une pièce après l'autre, un rouage après l'autre, on assemble le tout, avec une parfaite compréhension du fonctionnement de l'ensemble.

Les yeux de Madame Elisa s'étaient remplis de larmes.

- Il me manque chaque jour, tu sais…
- J'aurais aimé le connaître, dit Alice, gagnée peu à peu par la tristesse.

Madame Elisa sortit un mouchoir de sa poche et s'essuya les yeux en reniflant.

- Oh la la, voilà que je m'emporte.

Alice sauta sur l'occasion et se lança:

- Est-ce que tu peux me parler de lui tante Elisa ? demanda-t-elle sur un ton suppliant.

Elle détestait l'idée de profiter d'un moment de faiblesse de sa tante pour obtenir des informations au sujet de son père, mais elle ne savait pas quand une telle occasion se représenterait.

Madame Elisa la regarda intensément, sembla hésiter un instant, puis fit mine de baisser les bras.

- De toute façon, il faudra bien que je te parle de lui tôt ou tard.

Elle s'installa sur la chaise haute, élégante dans sa robe couleur lilas, et prit une profonde inspiration.

- Ton père était plus qu'un simple horloger. C'était bien sûr son métier, et chez les Mervel il en a été ainsi depuis des siècles, de père en fils. Mais ce métier n'est pas qu'une simple vocation dans notre famille. Quand tu m'as demandé si tu avais des capacités particulières, je t'ai répondu que je l'ignorais, et c'est la vérité, il arrive qu'un descendant n'hérite pas des capacités de ses ancêtres. Mais il y a de fortes chances pour que tu portes en toi le don de retourner dans le temps. Comme ton père.

Madame Elisa se tut, guettant la réaction d'Alice. Celle-ci, qui ne l'avait pas quittée des yeux, avait ouvert la bouche et écarquillé les yeux. Une expression qu'elle arborait souvent depuis quelques semaines.

Madame Elisa reprit :

- C'est ainsi que nous avons été amenés à servir la couronne, et à nous engager dans un conflit qui a coûté la vie de tes parents et à de nombreux autres. Avant que tu ne me le demandes, je ne sais pas si tu es capable de remonter le temps. Par ailleurs, puisque l'on en parle, j'aimerais que si un évènement étrange se produit, en rapport avec ça, tu viennes m'en avertir immédiatement. Moi ou ton grand-père Archibald. D'accord ?

- C'est d'accord Tante Elisa. Est-ce que tu peux aussi remonter dans le temps ? Et grand-père Archibald ?

- Je le pouvais, oui, mais j'ai été touchée par un Sombre Sort des fées noires lors de l'attaque du manoir. Depuis je ne le peux plus, et cela ne me manque pas. Quant à ton grand-père, il le peut encore, mais il n'utilise plus son pouvoir. Ça nous a coûté tant, à tous. C'est pourquoi je te demande de m'en faire la promesse, tu viendras m'avertir, Alice ? S'il arrive quoi que soit ? Promets-le-moi, lui dit Madame Elisa soudain grave et sérieuse.

Alice promit, prise au dépourvu par cette supplique intense. Sa tante était une femme rieuse au quotidien, aussi fantasque qu'élégante, autant que cette combinaison était possible bien sûr. Aussi, la voir ainsi la troublait.

Et jusqu'à aujourd'hui, elle n'avait rien vécu de plus étrange que son arrivée dans ce monde de merveilles.

- Les voyages dans le temps, reprit sa tante, sont très difficiles à maîtriser, même pour un maître accompli. C'est une science complexe et son enseignement dure plusieurs années. Beaucoup dans ce monde sont capables d'animer des objets, de devenir invisibles, et encore d'autres pouvoirs merveilleux, mais les Mervel sont les seuls à pouvoir remonter dans le temps. À l'époque, avant la guerre, il y avait même un ministre du temps à la cour royale !

Madame Elisa soupira avec nostalgie.

- Enfin ! Voilà qui était ton père, un horloger et un retourne-temps talentueux.

- Un retourne-temps ? questionna Alice

- Nous appelons cela ainsi. C'était, avant la guerre, toute une profession, régie par des lois, les retourne-temps prononcent un serment devant le roi et la reine !

- Vraiment ? Comme les chevaliers ?! s'étonna Alice les yeux pétillants.

- Oui ! dit Madame Elisa en riant, c'est presque la même chose en effet ! Allez, suis-moi !

Sa tante se leva d'un bond.

- Tu ne vas tout de même pas rester dans cette partie lugubre du manoir alors qu'il fait un temps magnifique !

Elles quittèrent ensemble l'aile abandonnée du manoir. Alice était heureuse, mais aussi intriguée par les nouvelles informations qu'elle avait obtenues sur son père. Il fallait qu'elle en sache plus sur cet incroyable pouvoir familial qui permettait de remonter dans le temps. Et pour cela, même une tante un peu émue ne lui serait d'aucune aide.

CHAPITRE 6 :
Les fées malicieuses

Alice avait pris l'habitude chaque après-midi de se rendre sous un grand chêne qui se trouvait dans le jardin du manoir. Il ressemblait un peu à celui de l'orphelinat, à cette exception près qu'il semblait beaucoup plus vigoureux en comparaison !

Ce jour-là, Alice avait pris un livre au hasard dans la bibliothèque du manoir, qui contenait, au contraire de la libraire de l'orphelinat, des milliers d'ouvrages, allant du roman de fiction au manuel d'étude d'algèbre de cinquième niveau. Certains traitaient de sujets qu'Alice n'aurait jamais cru trouver dans un livre. L'un d'eux la fit beaucoup rire, il s'intitulait « Comment et pourquoi les chaussettes disparaissent quand elles passent au lavage. Débats entre le professeur DuMaboul de l'université de la Tour Dorée de Marvela et le Docteur Lefol du grand centre médical de Marvela. »
Elle apprenait beaucoup de choses intéressantes, comme comment se ragrandir après avoir été rapetissé, ou comment éviter une mutinerie parmi les objets que l'on

possède, mais elle éprouvait tout de même un petit regret.

Le fait de ne plus aller à l'école avait ses avantages, elle apprenait ce qu'elle souhaitait, à son rythme, mais la présence d'autres enfants lui manquait. Elle n'avait jamais eu d'amis à part Romain, juste avant son départ de l'orphelinat.

Elle avait donc espéré s'en faire au pays des merveilles. Mais elle n'avait pas croisé beaucoup d'enfants. Oswald, un jeune valet du manoir, ne s'adressait que très peu à elle. Et le peu de fois où il s'y risquait, sa timidité prenait vite le dessus et leur échange prenait une tournure embarrassante.

De plus, Alice se faisait mal au fait d'avoir des domestiques. Elle comprenait que la famille Mervel ait toujours vécu ainsi, et elle n'était pas surprise par l'attitude très maniérée qu'avaient sa tante et son grand-père. Mais elle n'avait jamais connu ça, et cela la mettait très mal à l'aise d'être servie, habillée, conduite, par des domestiques. Sa tante avait renoncé à lui imposer une gouvernante, car Alice était plutôt calme et avide de connaissances. Elle se plongeait dans les études sans y être forcée.

-   Peut-être en septembre, lui avait-elle dit, pour
    l'instant je veux que tu te sentes ici chez toi.

Quelques semaines après la découverte de l'atelier de
son père, Alice eut l'idée de se plonger dans l'histoire de
l'horlogerie. À l'ombre de son chêne, elle découvrit les
incroyables inventions d'horloger de ce monde et de
l'autre, à travers les siècles. Elle lut une chronique sur un
certain Archimède Soriak, horloger royal, ministre du
Temps sous le règne de la fée blanche Alana. En 1721, il
inventa une horloge capable d'arrêter le temps sur un
rayon de plusieurs kilomètres. Son invention a été
détruite quelques années plus tard, à la suite d'un
incident qui arrêta le temps sur tout un village et sur ses
villageois pendant 20 ans.

Un coup de vent furtif vint soulever une mèche de ses
cheveux et troubler sa lecture. Elle avait maintenant
l'habitude des fées bleues et des colibris du jardin, mais
un autre coup de vent lui fit lever le nez de son livre.
Trois petites fées bleues volaient à quelques mètres de
son visage. Leur petite tête s'animait vivement et elles
faisaient signe à Alice de venir les rejoindre. Celle-ci
avait pris soin de respecter le conseil de sa tante à la
lettre jusqu'à maintenant. Comme à son habitude, elle

leur fit signe que non de la tête, elle ne jouerait pas avec elles, et se replongea dans sa lecture. Mais les fées en avaient décidé autrement. L'une d'elles se posa sur le livre, empêchant Alice de poursuivre sa lecture.

Son minuscule corps bleu s'agitait en tous sens.

-   J'ai dit non, petites fées ! Je ne veux pas jouer avec vous ! dit Alice avec aplomb à la petite créature insolente.

Une seconde atterrit près d'elle, suivit d'une troisième. À la vue de leurs petits yeux suppliants, leurs postures adorables, et aussi parce qu'elle s'ennuyait beaucoup, elle finit par leur dire :

-   Bon d'accord… Juste pour cette fois, mais quand je dis stop on arrête.

Les petites fées qui sautaient de joie commencèrent une partie de « chat », expliquant cela à Alice avec des gestes éloquents. En effet, elle ne comprenait pas la langue des fées.

Une heure, puis deux passèrent. Alice, qui avait couru comme une folle, était épuisée. Elle n'était plus le chat, mais étant la cible la plus grande et la moins rapide, les petites fées la pourchassaient sans relâche. Elle s'effondra sur la pelouse, à bout de souffle, et cria :

-   POUCE ! STOP, ON ARRÊTE !

Les petites fées étaient déjà sur elle et la chatouillaient en pépiant comme les colibris.

-   J'ai dit STOP ! hurla Alice qui ne pouvait plus respirer tant elle riait.

Mais les petites fées ne s'arrêtaient pas.

Sa vue se brouilla et elle commençait à se dire que mourir de rire n'était peut-être pas si terrible que ça. Sur le point de s'évanouir, Alice entendit un grand splash ! suivi de petits cris hystériques. Elle sentit l'air pénétrer ses poumons et, se relevant avec peine, vit que les petites fées s'enfuyaient en poussant leur petit cri. Une jeune fille, d'à peu près son âge, se tenait debout, le livre d'Histoire de l'horlogerie d'Alice dans les mains.

-   Bonjour. On ne t'a jamais dit qu'il ne fallait jamais commencer à jouer avec ces petits démons ?

-   Heu, si, balbutia Alice, ma tante me l'avait dit, mais je ne pensais pas que ça irait aussi loin.

La jeune fille parue étonnée de la réponse d'Alice.

-   Et bien, si ça peut te servir de leçon… je m'appelle Janice, dit la jeune fille en tendant la main vers Alice.

- Alice. Alice Mervel, répondit Alice en serrant la sienne.

Janice ouvrit de grands yeux. Elle était aussi brune qu'Alice était blonde, et ses cheveux aussi bouclés que ceux d'Alice étaient raides.

- Mervel, comme dans Archibald Mervel ? Comme dans Jonas Mervel ?
- Oui. Je suis la fille de Lorelei et Jonas Mervel.
- Waou… c'est vrai que tu ressembles à Lorelei ! C'est incroyable, je ne savais pas qu'elle avait eu une fille ! s'écria Janice avec enthousiasme.
- Je suis arrivée au manoir il y a quelques semaines seulement.

Les deux jeunes filles s'assirent au pied du chêne, et Alice raconta son aventure incroyable à Janice en détail. Celle-ci se montrait d'une curiosité insatiable, et posait énormément de questions à Alice. Cette dernière, ravie de l'intérêt qu'elle lui portait, lui fit part de ces questionnements.

- Tu comprends, je ne sais pas comment cette magie fonctionne, mais d'après ma tante, je serais peut-être capable de remonter dans le temps !

- Ça serait incroyable de pouvoir faire ça ! Tu sais, c'est un vrai héros ton père dans notre monde. Mon père l'a connu à la cour, il est ministre des Affaires étranges. Je suis née quand la guerre était finie, mais mon père raconte souvent des histoires de batailles auxquelles il a participé.
- Vraiment ? Ma tante et mon grand-père ne parlent jamais de la guerre.
- Oh ce n'est pas un sujet très réjouissant, lui dit Janice avec une moue boudeuse, ma mère donnerait n'importe quoi pour que mon père change de mélodie. À force de radoter, ses récits envahissent même nos rêves !

Alice rit de bon cœur. Quel bonheur elle éprouvait d'avoir trouvé une amie, à qui se confier. Et Janice n'était pas malheureuse non plus d'avoir rencontré Alice. Elle se passionnait pour l'histoire des Mervel et des retournes-temps en général.

- Est-ce que tu as aussi des pouvoirs Janice ? demanda Alice.
- Dans ma famille, on enchante des objets, répondit Janice sur un ton naturel, nous sommes des marionnettistes. Mon arrière-grand-père a

créé la ménagerie du Zoo de Marvela. Pour l'instant, je n'arrive à animer que de petits objets, j'apprends avec ma mère. Elle, elle peut déplacer des géants de pierre ! s'écria-t-elle avec fierté. Mais toi aussi tu vas apprendre n'est-ce pas ? Ton grand-père pourrait t'enseigner les secrets du temps.

Alice soupira.

- Je n'en suis pas si sûre, ma tante Elisa évite toujours le sujet et sermonne mon grand père dès qu'il essaye de m'en dire un peu plus…

- Oh je vois, lui répondit Janice, compatissante. La guerre a été très dure pour ta famille. C'est peut-être pour ça que c'est difficile pour eux d'en parler.

- Je comprends bien sûr, mais je ne peux pas m'empêcher de me demander, dit Alice, si je suis capable de remonter le temps, peut-être que… eh bien oui, peut-être que je pourrais retrouver mes parents !

Voilà, elle l'avait dit. Elle avait formulé à haute voix cette idée folle qui avait commencé à germer dans sa tête à la suite de sa conversation avec sa tante dans l'atelier de son père. Janice la regardait avec des yeux ronds.

- Tu n'y penses pas j'espère ?! » lui dit-elle, effarée.

Alice ne comprenait pas sa réaction. Qu'y avait-il de mal à souhaiter le retour de ses parents ?

- Et pourquoi pas ? Je ne vois pas le mal ! dit Alice avec conviction.

- Tu ne comprends pas Alice, si les retourne-temps sont rares, c'est aussi l'un des pouvoirs les plus dangereux qui soient avec les Manipulateurs ! Pourquoi penses-tu qu'ils prononcent un serment devant le Roi et la Reine ?

Cette fois, c'était Alice qui regardait Janice avec des yeux ronds. Elle poursuivit :

- Le temps est sacré au Pays des merveilles, c'est presque une institution. Il y a des lois, des règles, et surtout des interdictions ! Mon père m'a raconté qu'un jour, il y a très longtemps, un retourne-temps avait figé le temps d'un village tout entier pendant 20 ans !

- Oui, je viens de le lire, c'est Archimède Soriak, dit Alice qui en avait retenu le nom

- Tu comprends maintenant ? Dans cette profession, une seule petite erreur peut avoir des conséquences désastreuses.

Voyant la mine contrite d'Alice, Janice ajouta :

- Mais c'est normal que tu y penses. N'importe qui voudrait pouvoir ramener une personne qui lui était chère.

Le crépuscule tombait doucement sur le manoir et les deux jeunes filles continuèrent à discuter sous le chêne jusqu'à ce que le soleil eut totalement disparu. Et lorsqu'elles se quittèrent ce soir-là, elles se promirent de revenir le lendemain au même endroit et à la même heure.

- Chaque chose en son temps, murmura Alice une fois dans son lit, avant de fermer les yeux.

CHAPITRE 7 :
L'histoire terrifiante

Alice et Janice devinrent très vite inséparables.

Janice habitait à quelques pâtés de maisons du manoir Mervel, avec ses parents Alfred et Jeanne Penautier. Lui était ministre à la Cour royale et elle enseignait le métier de marionnettiste à un groupe d'apprentis aux dons très particuliers. Dont Janice faisait partie.

Les jeunes filles passaient leurs temps libres dans la maison de l'une ou de l'autre. Mais Alice adorait la maison de Janice. Tout y était extraordinaire. Les différentes pièces étaient envahies d'objets animés par magie. Les peluches et les poupées de Janice se déplaçaient dans la maison avec désinvolture, de petits canards de porcelaine barbotaient dans les éviers, elle avait même vu un jour un mannequin en bois grandeur nature en train de faire de la couture !

- C'est une des grandes inventions de ma mère, elle en est très fière ! lui avait dit Janice, qui ne dissimulait pas non plus sa fierté.

Elle s'était montrée très enthousiaste à l'idée de faire découvrir le monde des mille merveilles à Alice. Elle disait qu'elle se sentait un peu comme un guide touristique.

De cette façon, Alice allait de découverte en découverte. Entre son grand-père, officiant toujours comme horloger royal, et sa tante qui gérait les affaires du manoir, elle n'avait pas encore pu explorer ce monde merveilleux comme elle l'aurait voulu. Ensemble et accompagnées d'Anette la plupart du temps, elles se rendaient régulièrement à la Cour des Merveilles. Un jour, elles mangèrent des glaces au goût de poulet.

- Beûrk ! s'était écriée Alice dégoûtée, quelle idée de faire des glaces au goût de poulet !

- Mmmm, je ne vois pas où est le problème, lui avait répondu Janice en dévorant sa glace. J'adore le poulet et j'adore les glaces ! Son inventeur est un génie ! avait-elle lâché avec admiration.

Alice avait appris ainsi que Rosetta, comme d'autres cuisiniers de grand talent, avait la capacité de modifier la nature des aliments, ainsi que leur goût.

- Je t'assure, ça peut être très utile ! Surtout en temps de famine ! avait expliqué Janice sur un ton de professeur.

Ensemble, elles plongèrent dans l'histoire des pouvoirs merveilleux du monde des mille merveilles, et Janice, qui tenait à remplir son rôle de guide à la perfection, lui avait parlé des nombreuses sortes de magies et enchantements que l'on pouvait rencontrer dans ce monde.

Un jour du mois de juin, alors qu'elles se trouvaient dans la bibliothèque du Manoir, Alice tomba sur un livre qu'elle n'avait encore jamais vu. Il était en cuir noir, très vieux, et l'on pouvait lire sur sa couverture : *Les Sombres Pouvoirs.*
Alice prit l'énorme ouvrage et le sortit de son étagère.

- Viens voir Janice !

Cette dernière lisait un manuel d'horlogerie complexe qu'Alice avait tenu à lui montrer.

- Les sombres pouvoirs, lut-elle quand elle eut rejoint Alice, tiens, c'est bizarre que ton grand-père possède un livre comme ça.

- Qu'est-ce que c'est les sombres pouvoirs ? demanda Alice en ouvrant l'énorme ouvrage.

Les pages étaient jaunies, et il se dégageait du livre une forte odeur de papier moisi.

- Pouah, ça doit faire une éternité qu'il n'a pas été ouvert ce livre ! s'écria Janice en portant la main sous son nez.

Les caractères à l'encre noire semblaient avoir été écrits à la main, contrairement aux nombreux livres imprimés de la bibliothèque.

- Les Sombres Pouvoirs, poursuivit Janice plus professorale que jamais, sont des pouvoirs maléfiques présents dans le monde des mille merveilles. Une sorte de magie maudite. Tu as déjà entendu parler des fées noires ?

Alice acquiesça.

- Et bien, elles en sont à l'origine, la plupart des sorts et enchantements qu'elles lancent le sont dans le but de blesser ou pire, tuer. Elles sont mortelles, pas inoffensives comme les fées bleues.

Alice, dont le souvenir de l'épisode avec les fées bleues était encore cuisant, n'en était pas si convaincue.

- Mais il y a aussi d'autres créatures et personnes qui en sont adeptes, continua Janice en réprimant un frisson, c'est vraiment la pire des magies qui soit.
- Le Sombre Chapelier en faisait partie ?

- Oui, répondit Janice, et il était déjà dangereux sans les fées noires ! Il pouvait contrôler les esprits et…

Janice eut une hésitation. Elle n'osait pas encore aborder avec aisance le sujet du Sombre Chapelier avec Alice. Elle savait qu'il était responsable de la disparition de ses parents. Mais Alice l'invita à poursuivre.

- S'il te plaît, raconte-moi. Ne t'en fais pas, je ne suis plus un bébé tout de même.

Alice feuilletait distraitement l'ouvrage en écoutant Janice. Il regorgeait de formules et d'illustrations épouvantables. Sort de suffocation, bris de bras, coupe tête… la liste était aussi longue que terrifiante. Janice inspira soudain bruyamment. La page que venait de tourner Alice affichait une grande illustration d'un homme portant un chapeau haut de forme. Il tenait un monocle sur son œil d'un noir d'encre. Ses yeux, qui sortaient anormalement de leurs orbites, donnaient froid dans le dos.

- C'est lui, murmura Janice dans un souffle. Le Sombre Chapelier.

Sous l'illustration on pouvait lire en effet, *étude picturale du Sombre Chapelier par Morpheus Legriffonier.*

- C'était vraiment l'homme le plus terrible qu'ait connu ce monde, dit Janice d'une voix grave en secouant ses boucles brunes, c'était un manipulateur, il avait le pouvoir d'influencer l'esprit des gens, mais ça ne lui suffisait pas, il voulait pouvoir les contrôler totalement. Il s'est tourné vers les fées noires, car il savait que la Sombre Magie allait au-delà de la magie traditionnelle. Il est revenu, avec ce monocle que tu vois là, elle désigna le monocle que tenait le Sombre Chapelier. C'est un objet magique, qu'il a fabriqué avec l'aide des fées noires. À partir de là, il s'est mis à rallier les pires créatures qui soient pour prendre le pouvoir dans notre monde. C'est ainsi que la guerre a commencé.

Janice referma le livre.

- Je n'aime vraiment pas ce livre finalement.

Mais Alice voulait en savoir plus.

- S'il te plaît Janice ! Dis m'en plus ! Et je te promets de te faire visiter l'atelier de mon père !

Elle avait piqué sa curiosité. Janice avait supplié Alice de lui faire visiter l'atelier du célèbre Jonas Mervel, mais Madame Elisa s'était montré intraitable, l'aile ouest du manoir était interdite d'accès. Elle lui avait même imposé la surveillance d'Anette, la femme de chambre, suite à sa visite intempestive de la dernière fois, quand celle-ci n'était pas occupée par son travail.

- Bon d'accord, dit Janice vaincue, je vais te raconter une légende, et tu promets de me faire visiter l'atelier d'accord ?
- C'est d'accord !

Janice prit une profonde inspiration et commença son récit avec une éloquence qui lui était propre :

- Il se raconte que le Sombre Chapelier, avant de devenir le monstre que l'on connaît, était un homme comme tout le monde. On dit qu'il aurait un jour rencontré une ondine, une ancienne créature marine. Il en serait tombé amoureux, mais elle ne pouvait survivre hors de l'eau et lui sous l'eau. Pourtant, ils se retrouvaient, tous les soirs de pleine lune, au bord du lac ou elle vivait. Fou d'amour et de douleur, il chercha des formules et des enchantements à s'en arracher les cheveux pour pouvoir rejoindre sa bien-aimée. À court de solution, il s'est tourné vers les fées noires et leur Sombre Magie, car aucune magie de sa connaissance ne semblait pouvoir les réunir.

Muni d'un sombre sort, il se rendit au lac le soir suivant, au clair de lune. L'ondine l'attendait, et il jeta le sombre sort, heureux comme jamais. Le lac se dessécha instantanément. Horrifiée, l'ondine vit tout le peuple du lac suffoquer et mourir sous ses yeux. Ses cris, dit-on, ont fendu la lune en deux. Ce n'est qu'une image, s'empressa d'ajouter Janice en voyant la face éberluée d'Alice. Le Sombre Chapelier, qui n'accordait aucune valeur à la vie d'autrui, ne comprenait pas le désarroi de sa bien-aimée. Dans un élan désespéré, il lui a demandé de regarder profondément dans ses yeux et de lui dire ce qu'elle y voyait. Et ce qu'elle y a vu l'a tant terrifiée, que son cœur s'est arrêté…

Janice marqua une pause pour donner un ton plus dramatique à son récit.

Elle reprit bientôt :

- C'est une légende bien sûr, les gens racontent des choses fantasques parfois pour expliquer certaines horreurs. Ça n'empêche, une partie est vraie.

- Quelle partie ? demanda Alice, plus intriguée que jamais.
- Ben... la partie où il lui demande de regarder profondément dans ses yeux.

Janice prit une grosse voix :

- Regarde profondément dans mes yeux. C'est ce qu'il disait à ses victimes, dit-elle en reprenant sa voix normale, Le Sombre Chapelier. Avant de... tu vois ?

Alice ne voyait pas vraiment, mais comprit l'essentiel. Des frissons l'avaient parcourue de toute part pendant qu'elle écoutait la légende.

Le Sombre Chapelier avait de quoi faire peur en effet. À son grand soulagement, il avait disparu depuis douze ans.

- Tu crois qu'il pourrait revenir ? demanda Alice.
- Le Sombre Chapelier ? Je ne pense pas. Après douze ans, la Sombre Magie a presque totalement disparu. Mon père dit même que d'ici quelques années, ce ne sera plus que de l'histoire ancienne ! Il n'y a aucune raison de s'inquiéter.

Alice remit l'épais ouvrage de Sombre Magie dans son étagère.

- Mais qu'est-ce que vous faites ici ?!

C'était Anette qui venait de surgir les joues empourprées dans la bibliothèque.

- Mais enfin Anette, dit Alice en échangeant un regard surpris avec son amie, c'est toi qui nous as amenées ici tout à l'heure. Nous n'avons pas bougé.

Anette se frappa le front. Elle le faisait si souvent qu'Alice était surprise de ne pas avoir vu de bosse se former là où elle frappait. Jamais elle n'avait rencontré quelqu'un avec si peu de mémoire. Et la pauvre était tout le temps prise d'assaut par les fées bleues quand elle traversait le jardin du manoir.

- Bien sûr, je suis bête. Pardonnez-moi, Mademoiselle Alice. Votre tante et votre grand-père vous attendent pour dîner. Mademoiselle Janice, votre mère a envoyé un colibri, elle vous attend également.

CHAPITRE 8 :
La famille Royale

Madame Elisa et Archibald étaient installés à table
lorsqu'Alice franchit les portes de la salle à manger.
Rosetta avait préparé un magnifique poulet avec un
bouillon de légumes dont elle seule avait le secret.
Alice avait même pris un peu de poids depuis qu'elle
était arrivée au manoir. Au grand plaisir de sa famille.
Ses cheveux d'une blondeur de blé avaient poussé, et
Alice trouvait même qu'ils étaient moins raides qu'avant.

- Alors qu'est-ce que tu as appris cet après-midi
Alice ? lui demanda Archibald quand elle fut
installée.

Alice ne voulait pas leur parler de sa découverte du livre
de sombre magie avec Janice, aussi elle se contenta de
répondre :

- J'ai montré à Janice le manuel des *Virtuoses de
l'horlogerie contemporaine*.
- Oh un superbe ouvrage, dit Archibald
pompeusement, un classique pour tout apprenti
horloger qui se respecte !

Archibald pouvait parler de son travail pendant des heures. Il connaissait tous les ouvrages qui traitaient d'horlogerie. Mais Madame Elisa voulait parler à Alice d'un tout autre sujet ce soir-là.

- Ma chérie, je voudrais que l'on discute d'un sujet un peu particulier ce soir. C'est très important et je veux que… Archibald ! sermonna-t-elle en fusillant son père du regard, je ne veux pas que tu fumes à table !

Le grand-père d'Alice rangea son attirail de fumeur en bougonnant dans sa moustache. Madame Elisa se tourna vers Alice :

- Comme je le pressentais, nous avons reçu une invitation ce matin pour la cour royale.

Alice en frétilla sur sa chaise.

- Le Roi et la Reine savent que tu es ici et qui tu es, je pense que le père de Janice a dû les en informer, et ils veulent te rencontrer.

Madame Elisa ferma les yeux comme si ce qu'elle allait dire lui demandait beaucoup d'effort.

- Il y a une personne là-bas, du nom de Richard Delatour. C'est…ton grand-père.

Alice regarda sa tante en accusant le choc.

- Mais tu m'as dit que ma mère n'avait plus de famille en vie tante Elisa !
- Je… je sais, lui répondis sa tante soudain confuse et écarlate.
- Je t'avais dit de lui dire la vérité, dit Archibald d'un ton de devin. Tu la protèges trop cette enfant !
- Mais alors, pourquoi ne l'ai-je pas encore rencontré ? demanda Alice, qui essayait vainement de comprendre pourquoi sa tante lui avait menti.
- Je vais t'expliquer Alice… je… je suis désolée ! lui dit sa tante en fuyant son regard.

Elle suppliait son père des yeux pour qu'il lui vienne en aide.

- C'est ton mensonge, lui dit-il paternellement, tu te débrouilles ! C'est déjà bien assez que tu me muselles en permanence quand je parle avec ma petite fille.

Madame Elisa s'était départie de son calme usuel et semblait sur le point d'exploser. Elle prit une grande inspiration et dit enfin :

- Quand je t'ai dit que ta mère n'avait plus de famille en vie, c'était presque vrai. En réalité,

Richard a désavoué sa fille quand elle a épousé Jonas. Quand ton père et Lorelei ont fui après l'attaque du manoir, ils ne se parlaient plus depuis au moins cinq ans.

Alice vit une lueur nostalgique traverser ses yeux noisette.

- C'est un homme hautain, et plein d'orgueil, et je ne serais pas surprise qu'il refuse de te rencontrer tout simplement.

- Dans ce cas, je ne vois pas où est le problème, dit Alice qui comprenait mieux pourquoi sa tante avait omis ce membre de sa famille.

- Le problème c'est que c'est l'un des plus proches conseillers du Roi Alanor. Et si le Roi veut te rencontrer, nous n'aurons pas d'autres choix que de le rencontrer lui aussi. C'est pourquoi je voulais que tu saches qu'il ne porte pas les Mervel dans son cœur. Pour que tu ne sois pas blessée par son attitude.

Alice but quelques gorgées de son jus de fraise.

- Nous irons au Palais à la fin de la semaine, lui dit sa tante d'un ton plus joyeux. D'ici là, Anette va t'enseigner quelques usages de la cour, comme la révérence. Et nous irons te chercher une robe également pour l'occasion.

Alice fut soulagée de voir que sa tante n'avait pas complètement perdu sa bonne humeur.

Archibald ne tarda pas à se rendre au salon pour fumer sa pipe et Alice prit congé de sa tante avant de rejoindre sa chambre.

Elle s'entraîna quelques minutes à faire la révérence devant le miroir de l'armoire, en se demandant à quoi pouvait bien ressembler la cour royale dans ce monde. Elle avait tellement hâte d'en parler à Janice ! Elle devait bien connaître la cour puisque son père y travaillait. Alice s'endormit et rêva ce soir-là de princesses et de salle de bal.

Le lendemain, Anette vint la réveiller de bonne heure. Et ses leçons de postures furent plus ennuyeuses qu'Alice ne se l'était figurée. Elle en avait mal au dos à la fin de la matinée. Même le déjeuner fut infernal, car la détente qu'elle affichait avec son grand-père et sa tante à table n'était pas de mise à la cour. Elle dut apprendre par cœur les noms des multiples couverts et leurs usages précis. Elle s'étonna et se désespéra très vite d'apprendre qu'on pouvait utiliser pas moins de trois types de fourchettes différentes pendant un seul repas.

Elle poussa un long râle de soulagement quand elle s'allongea enfin sous le chêne du jardin avec Janice. Elle lui parla de l'invitation que sa tante avait reçu la veille.

-   Ce n'est pas étonnant, lui dit Janice, Jonas
    Mervel est une des raisons pour laquelle la
    famille royale est toujours au pouvoir
    aujourd'hui. Ils ne peuvent pas ignorer sa fille.

Alice lui raconta également comment elle avait appris que son grand-père était Richard Delatour, et combien il détestait la famille Mervel.

-   Oh mais je pensais que tu le savais, dit Janice
    étonnée, je pensais que tu ne parlais pas de lui
    pour une bonne raison. La querelle entre les
    Mervel et les Delatour est de notoriété publique.

Décidément, Alice était de plus en plus agacée d'en savoir si peu sur sa propre famille. Comme elle l'escomptait, Janice connaissait quelques usages de la cour. Elle lui parla entre autres du Prince Raphaël, le fils adoptif de la reine Elenor et du roi Alanor.

Ses yeux s'étaient mis à briller et ses joues rosirent joliment quand elle l'évoqua.

- Tu verras comme il est beau et noble ! Il a des cheveux blonds, un peu comme les tiens !

La semaine s'écoula à une vitesse folle, et la date de l'invitation arriva plus rapidement qu'Alice ne l'aurait souhaité.

La robe qu'elle avait achetée avec sa tante était des plus belles, mais aussi des plus inconfortables qu'elle n'eut jamais revêtues. Le corset qui lui enserrait la taille lui coupait le souffle, et la dentelle lui grattait la peau de façon désagréable. Elle monta dans la coccinelle rouge en se tortillant sous le regard amusé de sa tante.

- Être une femme n'est pas de tout repos, n'est-ce pas Alice ? lui dit sa tante en démarrant la voiture.
- Ne pourrais-je pas mettre une de mes robes habituelles ? Je ne peux même pas courir avec celle-ci, se plaignit Alice.
- Ce n'est que pour cette journée Alice, si ça ne tenait qu'à moi nous n'irions même pas à la cour, mais nous devons répondre à l'invitation du roi et de la reine. Et malheureusement, la cour est un endroit ou tes robes habituelles ne conviennent pas aux jeunes filles de grande

famille. Et n'oublie pas, tu représentes la famille Mervel à présent, je compte sur toi pour te rappeler les leçons d'Anette.

Elle ne risquait certainement pas de les oublier. La veille, lors de sa dernière leçon, Anette se rendit aux cuisines et oublia qu'Alice l'attendait sur une jambe avec un livre sur la tête. À bout de crampes et d'équilibre, elle s'était lassée d'attendre et avait retrouvé la femme de chambre dans les couloirs en train de faire les poussières.

La coccinelle se dirigeait vers le centre de la ville de Marvela. Le palais royal, qu'Alice avait déjà aperçu de loin, était le plus grand édifice de la cité. Situé en amont, il surplombait la ville, majestueux.

L'agitation qui régnait autour du palais renforça le sentiment d'angoisse qu'Alice commençait à ressentir. L'entrée, un énorme portail doré, s'ouvrit à l'arrivée de la coccinelle. Le palais était encore plus beau vu de l'intérieur. Les murs de pierre, semblables à ceux du manoir, étaient magnifiquement travaillés. Des gargouilles plus vraies que nature décoraient les remparts et Alice aurait pu jurer avoir vu l'une d'elles bouger.

Elles furent accueillies par un homme de toute petite stature, à la longue moustache fine et au crâne presque chauve.

- Bienvenue Madame Elisa, c'est un plaisir de vous revoir, leur dit-il avec une voix pincée. Et cette petite n'est autre qu'Alice, je présume ? demanda-t-il en tournant ses petits yeux noirs vers Alice.

- Bonjour Monsieur Tatillon. Oui, je vous présente Alice. Sommes-nous en retard ?

- Non non, n'ayez aucune inquiétude. Vous êtes pile à l'heure, lui répondit-il, mais laissez-moi regardez cette merveille, dit-il en prenant les mains d'Alice, c'est fou ce que vous ressemblez à votre mère. Cette chère Lorelei.

Alice n'était pas sûre de la meilleure manière de répondre. Elle fit une révérence, qui arracha des exclamations de joie au petit homme. Il les conduisit à travers le palais.

- Je vais vous annoncer, lança-t-il à leur intention avant de s'engouffrer dans une pièce aux lourdes portes de bronze.

Alice l'entendit alors claironner haut et fort :

- MADAME ELISA MERVEL ET SA NIÈCE
ALICE !

Madame Elisa prit sa nièce par la main et elles franchirent ensemble les portes de la salle.

Alice resserra son étreinte sur la main de sa tante dès les premiers pas. Devant elle s'étendait une immense allée tapissée, bordée de part et d'autre d'une foule de personnes qui avaient les yeux rivés sur les deux nouvelles arrivantes. Madame Elisa marchait d'un pas décidé, sans prêter attention aux regards curieux. Alice au contraire, n'avait jamais ressenti une telle gêne. Des murmures s'élevèrent bientôt çà et là, brisant le silence cryptique qui s'était installé à leur entrée.

« C'est la petite Mervel » on disait par là, « le portrait de Lorelei » entendait-on par ici, ou encore « ce vieux Delatour va en tomber à la renverse ».

Elles arrivèrent enfin au bout de l'allée, mettant fin au supplice d'Alice devenue rouge écarlate. Les deux trônes immenses devant lesquels elles s'étaient arrêtées étaient occupés par le couple royal. Elenor, une fée blanche, ressemblait étrangement aux fées bleues du jardin du Manoir, à ceci près qu'elle avait une taille de femme adulte et une peau blanche et brillante comme la neige. Le roi Alanor lui parut à côté plus traditionnel. C'était en effet un homme d'âge mûr, aux yeux vert vif et luisants et aux cheveux d'argent. Alice fit une révérence courtoise, comme Anette lui avait appris. Sa tante l'imita.

- Soyez les bienvenues, dit la reine d'une voix douce, c'est un plaisir de vous rencontrer enfin Miss Mervel.

Elle s'adressait directement à Alice. Se rappelant ses leçons, elle répondit :

- C'est un plaisir de vous rencontrer, Majesté.

Elle inclina la tête élégamment.

- Elle est absolument ravissante, s'extasia la reine d'une voix haut perchée, qu'en dites-vous Alanor ?

Le roi, qui n'avait pas quitté des yeux Alice approuva son épouse sur le même ton :

- Je vous le concède volontiers très chère !

L'échange de formules de courtoisie sembla durer une éternité pour Alice, qui avait du mal à se retenir de se gratter dans sa robe trop serrée.

La reine se leva enfin, imitée par son royal époux. Alice pensait qu'elles allaient pouvoir quitter la salle, la cour royale n'ayant finalement pas le charme qu'elle avait escompté. Mais à son grand dam, Madame Elisa lui présenta ensuite un nombre extravagant de personnalités. Ils s'exclamaient tous de surprise à cause de sa ressemblance avec sa mère. Elle était lasse de l'entendre, mais elle s'en accommodait.

Un mouvement de foule attira leur attention alors que Madame Elisa lui présentait Sir Rodolph Chevalier, une des plus fines lames de la cour. Un silence s'abattit alors autour d'elles, et elles virent un homme traverser la foule d'un pas ferme. Il se dirigeait droit vers Alice et Madame Elisa. Celle-ci attira sa nièce contre elle. L'homme à la stature imposante s'arrêta devant elles. Il avait des cheveux gris et longs qui donnaient à son visage une allure de couteau. Ses yeux gris perçants se posèrent sur Madame Elisa.

- Richard, dit sa tante d'une voix basse
- Elisa.

Il avait répondu à sa tante avec une telle hauteur, qu'Alice se sentit rapetisser.

- C'est elle ? demanda-t-il en pointant du doigt Alice d'un air dédaigneux.
- Je pense que c'est évident Richard, vous n'avez peut-être pas oublié le visage de votre propre fille n'est-ce pas ?

Alice sentit une colère sourde dans la voix de sa tante. Il posa alors les yeux sur Alice, qui vit alors une expression étrange traverser le visage de son grand-père maternel. Il reprit son air hautain et leur tourna le dos dans un mouvement vif. La foule s'écarta à nouveau sur son passage. L'impression qu'il laissa à Alice fut sans appel. Elle détestait cet homme, et ce en dépit du fait qu'il était le seul lien qu'il lui restait avec sa mère. Elle ne pouvait concevoir qu'on puisse traiter des personnes comme Madame Elisa avec tant de méchanceté.

- Ça va Alice ? lui demanda sa tante avec inquiétude.
- Oui Tante Elisa, ne t'en fais pas, la rassura Alice, est-ce que je peux aller aux toilettes s'il te plaît ?

En réalité, elle voulait simplement desserrer un peu sa robe. La rencontre avec Richard Delatour l'avait fait transpirer et sa robe la démangeait plus que jamais. Et elle n'attendit pas non plus d'atteindre les toilettes pour finalement s'isoler dans un couloir désert et se gratter avec vigueur.

Elle se tortillait ainsi depuis une bonne minute quand un petit rire cristallin retentit. Un jeune homme se tenait l'épaule contre le mur juste derrière Alice. Blond, la peau diaphane, Alice le reconnut instantanément. Le prince ! Et elle qui se grattait ainsi dans un couloir du palais royal comme un chien qui a des puces ! Elle bafouilla des excuses comme elle put et s'empêtra les jambes dans une révérence douteuse.

- Je m'appelle Raphaël, dit-il en lui rendant sa révérence, tu dois être Alice Mervel. C'est fou ce que tu ressembles…
- À ma mère.

Alice l'avait interrompu sans réfléchir.

- Heu… oui… enfin, j'imagine que tu dois l'entendre souvent, dit le prince, confus.

Alice ne savait plus où se mettre, car voilà qu'elle embarrassait le prince en plus de s'être ridiculisée devant lui.

- Je suis désolée, dit-elle enfin d'une voix timide.

Je ne vous ai pas vu pendant la présentation.

Elle pouvait au moins changer de sujet.

- Non, en effet, lui répondit le prince du même ton haut perché que le roi et la reine. J'avais mes leçons avec mon maître d'étude.

Madame Elisa apparut à cet instant.

- Ha ! Te voilà Alice ! J'ai reçu un Colibri de la part de ton grand-père. Une urgence au manoir, nous devons partir.

Elle venait de remarquer la présence du prince.

- Oh, votre Altesse, dit-elle en s'inclinant, je ne vous avais pas vu.

- Ce n'est rien, Madame Elisa, je devais partir également de toute façon.

Sur ces mots, le prince prit la main d'Alice et y déposa un baiser.

- J'espère te revoir bientôt Alice.

Et il s'en fut, non sans avoir salué Madame Elisa. Alice le suivit du regard alors qu'il disparaissait dans un angle du couloir. Sa tante la sortit de sa torpeur.

- Alice ! Houhou !

- Ho, bien sûr tante Elisa, dit Alice en secouant la tête, allons-y. est-ce qu'Archibald va bien ? s'enquit-elle.

- Je ne sais pas, je pense que oui, répondit sa tante d'une voix fébrile, mais nous devons rentrer vite.

Elle suivit sa tante au pas de course jusqu'à la coccinelle. Monsieur Tatillon, qui se tenait non loin de là, leur lança sur leur passage :

- Mais… vous partez déjà, Madame Elisa ? Vous ne restez pas pour le banquet ?

- Je crains que non, mon cher Monsieur Tatillon, lui répondit Madame Elisa sans s'arrêter. Et je pense que nous avons eu notre ration de mondanité royale pour au moins un an ! dit-elle en refermant vivement la porte de sa voiture.

La coccinelle démarra en trombe et roula à toute vitesse en direction du manoir.

CHAPITRE 9 :
Les miroirs brisés

Pendant tout le voyage du retour, Alice n'avait pas prononcé un seul mot tant sa tante conduisait vite. C'est avec soulagement qu'elle posa le pied sur la terre ferme. Mais un affolement considérable avait gagné le manoir à l'arrivée de Madame Elisa et d'Alice.

Rosetta courait dans tous les sens en hurlant, suivit de Stephan qui lui criait de garder son calme sans grand succès. Elle se rua sur Madame Elisa lorsqu'elle la vit :

-   Hoooo, Madame Elisa, Madame Elisa, hoooo.

Ses joues étaient plus roses qu'à l'accoutumée, et elle jetait des regards terrifiés tout autour d'elle.

-   Stephan, que se passe-t-il ? demanda Madame Elisa, agacée par Rosetta qui ne cessait de pousser des gémissements.

-   Rien de bien grave, mais nous allons devoir remplacer tous les miroirs du manoir. Ils se sont tous brisés, Madame.

-   Où est Archibald ? lui demanda-t-elle sans se soucier de quelques bris de verre.

- Il était dans le salon quand ça s'est produit. Mais il n'a rien. Il a envoyé le colibri juste après.

Madame Elisa prit Alice par la main. Archibald les attendait dans le salon et Anette ramassait des bris de verre dans un coin.

- Que s'est-il passé Archibald ? demanda sans attendre Madame Elisa.
- Ha vous êtes rentrées ! La présentation s'est bien passée ?
- Ce n'est pas important Archibald, lui dit-elle, alors ? Que s'est-il passé ?
- Ce n'était rien. Les miroirs du manoir se sont brisés, tous en même temps. Mais il y a eu plus de bruit que de mal.
- C'était un tour des fées bleues ?
- Je ne sais pas Elisa, il se trouve que je n'ai pas vraiment mené d'investigation vois-tu ? lui dit-il d'un ton impatient. Tu vas m'interroger comme ça longtemps ? Si tu veux des détails, demande donc à Anette !

Madame Elisa leva les yeux au ciel en soupirant et s'en alla sans ajouter un mot.

Alice avait l'habitude de les voir se chamailler. Mais elle ne pouvait s'empêcher de voir aussi à travers cela la grande tendresse qui les liait tous les deux.

- Alors ! Raconte-moi, Alice, reprit son grand-père en ignorant sa fille, comment tu as trouvé la famille royale ?

Alice s'installa près de lui et lui raconta comment s'était passée la présentation. Elle n'omit aucun détail, y compris sa rencontre avec le jeune prince Raphaël.

- C'est un charmeur celui-là, toutes les filles de Marvela en sont folles !

Alice rougit. C'est vrai qu'il ne l'avait pas laissée indifférente, mais elle ne s'était encore jamais intéressée aux garçons de cette façon. Elle changea vite de sujet pour lui parler de la reine Elenor. La fée blanche lui avait fait une forte impression. Peut-être était-ce ses deux grands yeux noirs d'encre qui l'avaient regardé intensément.

- Les fées blanches sont très puissantes, elles possèdent une magie ancienne et pure. Elles ont presque fondé notre monde, et protégé sa population pendant des siècles. Nous leur devons la plupart de nos grandes institutions, comme l'université de la Tour Dorée où l'on forme les plus hauts membres du gouvernement, les gens les plus talentueux qui soient. Ton propre père y est allé étudier !

Alice aimait discuter avec son grand-père. Il lui racontait beaucoup d'anecdotes à propos de son père, de son enfance. Il n'abordait jamais le sujet des retours dans le temps, sur les instances sévères de Madame Elisa, mais il ne tarissait pas de ses histoires qui ravissaient Alice. À mesure qu'elle en apprenait sur son père, elle voyait de vraies ressemblances dans leurs caractères. Son père n'hésitait jamais en effet à défendre les plus faibles, il était courageux, curieux, imprudent parfois. Autant de traits de caractère qu'elle retrouvait volontiers chez elle.

- Cette histoire de miroir tout de même, songea Archibald à voix haute, c'était vraiment quelque chose ! Tu aurais dû entendre Rosetta, elle ne s'en est toujours pas remise ! se moqua-t-il en riant.

En effet, on entendait toujours Rosetta dans le couloir qui gémissait et Madame Elisa qui avait définitivement perdu patience.

Alice avait pris l'habitude des bizarreries de ce monde, mais jusqu'à lors, elle n'avait encore jamais entendu parler de miroirs qui se brisent tous en même temps. Elle pensa au livre de Sombre Magie qu'elle avait lu avec Janice et se demanda s'il pouvait y avoir un lien quelconque entre ces deux évènements.

Elle n'avait pas encore parlé du livre à Archibald, aussi elle profita de l'absence de sa tante.

- Dis-moi Archibald, je peux te poser une question ?
- Bien sûr, Alice, je t'écoute.
- L'autre jour, j'ai trouvé un livre dans la bibliothèque. Il parlait de Sombre Magie.

Archibald regarda vers la porte du salon comme pour vérifier si sa fille ne se tenait pas derrière. Il lui dit d'un ton affolé :

- Tu ne devrais pas lire ce genre de livre petite ! Si ta tante le savait, elle ferait une crise cardiaque !
- Mais je ne lui ai pas dit. Et en plus, je suis tombée par hasard dessus. Mais je me demandais, est-ce que les miroirs ont pu être cassés avec de la sombre magie ?
- Oooh nooon, répondit Archibald en appuyant sa réponse avec de grands gestes, c'était peut-être dû à un tremblement de terre, qui sait ?

- Mais un tremblement de terre aurait cassé beaucoup plus de choses grand père, c'est impossible que ce soit ça l'explication.
- Ne t'inquiète pas, lui dit-il, quoi que ce soit, je suis certain que cela n'avait aucun rapport avec je ne sais quelle Sombre Magie. C'est sans doute un mauvais tour des fées bleues, elles sont agitées comme jamais ces derniers temps !

Au dîner, Alice pensait toujours à cette histoire étrange de miroirs brisés.

Celui de son armoire s'était cassé également, mais tout avait été nettoyé et le miroir remplacé, quand elle regagna sa chambre pour dormir.

Elle se dit qu'elle en parlerait à Janice dès le lendemain.

Le jour suivant, à l'ombre du grand chêne, Alice conta à Janice les évènements de la veille. Elle dut raconter à Janice sa rencontre avec le prince pas moins de trois fois. Elle était particulièrement émoustillée par la partie concernant le baisemain et ne cessait de dire à Alice combien elle était chanceuse !

Mais Alice était plus intéressée par l'affaire des miroirs, comme elle la nommait dans sa tête, que par le beau prince charmant qui l'avait vu se tortiller comme un singe.

Malheureusement, Janice ne put lui apporter plus de lumière sur cet étrange incident.

- Mais ton père est bien ministre des Affaires étrangères ? Il doit bien avoir entendu parler de quelque chose de semblable ! dit Alice, quoi de plus étrange que des miroirs qui se brisent tous en même temps ?
- Mon père n'a jamais parlé de miroirs brisés, et je peux t'assurer qu'il nous raconte absolument tous les détails de ses longues journées à la cour, répondit Janice avec une expression de lassitude.
- Tu dois avouer que c'est étrange tout de même… conclut Alice pensivement.

Du mouvement près du manoir leur fit lever le nez. Anette était encore attaquée par un groupe de fées bleues.

- Elles lui en veulent vraiment à votre femme de chambre hein ? , dit Janice en observant la scène calmement.

Alice soupira en se levant :

- Viens, allons l'aider.

Elles se dirigèrent vers Anette qui essayait de récupérer une mèche de ses cheveux flamboyants qu'une fée avait enroulée autour de son corps minuscule et qui tirait de toute ses forces. Avec l'aide de Janice, elles vinrent à bout des petites créatures qui s'enfuirent avec force de cris stridents.

- Merci Mesdemoiselles ! Pfiou décidément ! Elles ne savent vraiment pas s'arrêter ! leur dit Anette en se recoiffant.

Elle s'éloigna à toute vitesse.

Alice et Janice passèrent le reste de l'après-midi dans la bibliothèque. Alice tenait absolument à faire des recherches concernant la magie des miroirs. Malheureusement, elle apprit beaucoup de chose, sauf la façon dont ces miroirs avaient pu être brisés. Elle lut par exemple dans un ouvrage nommé *La réflexion spéculaire et ses secrets* que certaines personnes étaient capables de prendre la forme de n'importe qui à partir de son reflet. Dans *Optique Quantique : Les phénomènes expliqués*, elle découvrit que deux miroirs pouvaient communiquer entre eux au moyen d'une série d'enchantements très complexes.

Au bout d'une heure de lecture intensive, Alice commençait à voir les lettres en double.

Elle ferma l'ouvrage qui était posé sur ses genoux et leva les yeux vers Janice, qui tentait d'animer un pantin de bois en s'exerçant avec son air sérieux habituel.

- Janice ? l'appela Alice.
- Mmh ? lui répondit-elle distraitement.
- Voudrais-tu aller dans l'atelier de mon père aujourd'hui ?

Janice tourna la tête vers elle et le pantin de bois s'effondra sur la table dans un petit bruit.

- Maintenant ? lui dit-elle le regard pétillant.
- Oui ! Pourquoi pas ? Tante Elisa n'est pas à la maison et Archibald est dans son atelier, il travaille sur une commande. Allons-y ! Mais il faut qu'on évite de croiser Anette surtout !

Arrivées devant le cordon rouge, Alice jeta un dernier coup d'œil autour d'elle, avant de s'engouffrer dans l'aile ouest du manoir suivie de Janice. Son cœur battait à tout rompre, car elle avait l'interdiction de visiter cette partie du manoir, mais elle avait également fait une promesse à Janice. Et il lui tenait à cœur de respecter sa parole.

Alice se remémora le chemin et elles se retrouvèrent rapidement devant la porte qu'elle cherchait. Avec une certaine fébrilité, Alice introduisit son amie dans l'atelier. Elle ouvrit le rideau, comme la dernière fois, et laissa Janice découvrir l'atelier. Il était aussi incroyable que dans son souvenir, et elle ne manqua pas de lui montrer son horloge préférée, celle surmontée de papillons d'argent qu'elle avait vu la première fois qu'elle était venue.

Janice de son côté ne savait plus où donner de la tête. Alice la trouvait parfois trop admirative quand elle parlait de son père. Ce n'est pas qu'elle n'éprouvait pas de fierté, mais l'exubérance de Janice la mettait parfois mal à l'aise.

Elles ouvrirent les armoires et découvrirent toute sorte d'outils, de ressorts, de rouages en pièces détachées.

Janice se figea soudainement. Il y avait quelqu'un dans le couloir. Les bruits de pas s'approchaient dangereusement. Alice, qui s'était assurée de ne pas être vue, se demanda si sa tante était rentrée plus tôt. Si elle la trouvait ici, elle serait terriblement déçue !

À cette idée, Alice réussit à bouger et s'approcha de la porte sur la pointe des pieds. Les bruits de pas s'arrêtèrent juste devant la porte de l'atelier. Alice, retenant son souffle et l'oreille tendue, fit signe à Janice de ne plus faire de bruit.

Après ce qui lui sembla une éternité, les bruits de pas reprirent et s'éloignèrent. Quand elles furent certaines de ne plus rien entendre, les deux jeunes filles dévalèrent les marches de l'aile ouest pour rejoindre la partie habitée du manoir.

Derrière le cordon rouge, droite comme un I, Anette les attendait, les bras croisés sur la poitrine.

CHAPITRE 10 :
Le bal d'Hiver

- Vous êtes encore allé dans l'aile ouest,
  Mademoiselle ! Et ce malgré l'interdiction
  formelle de votre tante !

Alice et Janice baissèrent la tête en prenant un air désolé.
Même si Anette n'était pas très sévère avec elles de
manière générale, elle rapportait par contre tout incident
à la maîtresse des lieux.

Depuis son arrivée au manoir, Alice n'avait que très peu
désobéi à sa tante. Elle n'avait pas tenté de réveiller sa
magie qui lui permettrait de remonter dans le temps,
bien que Janice lui ait expliqué la façon dont elle s'y
prenait avec sa propre magie. Elle avait pris soin d'éviter
de poser des questions sur le sujet que ce soit avec sa
tante ou son grand-père pourtant loquace.

Elle ne voulait pas décevoir Madame Elisa, plus que tout
au monde.

- Votre tante ne sera pas contente ! Suivez-moi,
  toutes les deux ! leur dit Anette d'un ton qui se
  voulait sévère.

Alice et Janice échangèrent un regard contrit. Elles la suivirent, sa queue de cheval flamboyante dansant dans son dos au rythme de ses pas.

Elles marchaient silencieusement et Alice angoissait à l'idée de ce que sa tante lui dirait en apprenant qu'elle s'était à nouveau rendue dans l'atelier, quand Anette poussa un cri. Une petite fée bleue venait de briser une vitre pour pénétrer à l'intérieur du manoir et se jeta sur elle. Cinq autres petites formes bleues entrèrent à sa suite et se joignirent à elles. La pauvre jeune femme se débattait en tous sens, et Alice n'avait jamais vu les fées bleues aussi furieuses. L'une d'elles se dirigea vers un miroir, de ceux qui avaient été remplacés récemment. Alice la vit alors agiter ses petits bras et un éclair bleu en jaillit soudain pour venir briser le miroir. Stephan, qui avait entendu les cris d'Anette mêlés à ceux de Janice qui essayait tant bien que mal de chasser les petites furies, arriva au pas de course.

- Mais qu'est-ce que… ! Oh mon Dieu ! Mais enfin, elles sont devenues folles ! cria-t-il, stupéfait.

Armé de son plumeau, il se mit lui aussi à chasser les petites fées. Alice, qui regardait la scène avec des yeux ronds, ouvrit la fenêtre par laquelle les petites fées avaient fait irruption.

Avec un dernier coup de plumeau, Stephan chassa la dernière et referma vivement la fenêtre. D'un mouvement de sa main, il répara la vitre cassée par magie.

Anette était au sol et un filet de sang lui coulait sur le front. Stephan, qui n'en revenait toujours pas, s'agenouilla près d'elle :

- Est-ce que ça va Anette ?

Cette dernière tremblait de tous ses membres.

- Nous devrions vous emmener à l'hôpital, les pouf-poufs vous soigneront ça en rien de temps.

Les pouf-poufs étaient des créatures magiques qui ressemblaient à de petits ballons recouverts de fourrure et qui avaient le don de soigner les blessures bénignes.

- Non… Stephan… je vais b…, lui dit Anette d'une voix blanche. Je dois… je dois aller… aile ouest… Alice…

Elle s'évanouit sur ses mots.

- Anette?

Stephan souleva la femme de chambre sans effort dans ses bras.

- Elle s'est évanouie. Mademoiselle Alice, Mademoiselle Janice, je vous prie de bien vouloir vous rendre au salon et informer Monsieur Archibald de ce qu'il vient de se passer. Je vais emmener cette pauvre Anette dans sa chambre et la laisser aux bons soins de Rosetta.

- Tu as vu ce qu'a fait cette petite fée bleue ? demanda Alice à Janice sur le chemin du salon.
- Laquelle ? Il y en avait tellement et j'étais trop occupée à aider Anette. C'est fou tout de même ! Elles ne sont jamais aussi... violentes d'habitude, dit Janice.
- Elle a fait des drôles de mouvements avec ses bras et un éclair bleu est sorti. Le miroir s'est cassé dès que l'éclair l'a touché. Tu comprends ce que ça veut dire ?
- Tu penses que c'est elles qui ont cassé les miroirs hier ? Mais pourquoi feraient-elles ça ?
- Je ne sais pas, dit Alice pensivement, mais il doit forcément y avoir un rapport avec Anette, tu as vu la façon dont elles l'ont attaquée ?!

Janice acquiesça vivement en remuant ses boucles brunes :

- Oui, je pense aussi, mais Anette s'est évanouie, on va devoir attendre qu'elle se réveille pour lui poser des questions.

Alors qu'elles arrivaient près du salon, Alice se souvint soudainement de sa transgression. Devait-elle aussi raconter à son grand-père qu'elles étaient dans l'aile ouest du manoir quand elles ont croisé Anette ?

Avec Janice, elles se mirent d'accord pour n'en parler que si c'était nécessaire. Après tout, elles n'avaient pas envie d'ajouter d'autres soucis à Madame Elisa, qui aurait beaucoup à faire avec cette histoire de fées en furie.

Archibald fumait sa pipe, en lisant son journal, comme à son habitude.

- Grand père ! lança-t-elle en s'élançant vers lui Janice sur ses talons

Il releva la tête :

- Oui Alice ? Ho bonsoir Janice. Tu ne devrais pas rentrer chez toi ? Il est tard tout de même !
- Il s'est passé quelque chose grand-père ! Anette a été attaquée par les fées bleues !

Archibald referma son journal et dit en haussant les sourcils de surprise :

- Comment ?! Attaquée ?!

Alice et Janice lui racontèrent alors comment les fées avaient brisé une vitre pour entrer dans le manoir et comment elles s'en sont prise à Anette qui s'est évanouie. Alice lui fit part de ses conclusions concernant les miroirs brisés.

- Tu l'as vu lancer un enchantement ?

Vraiment ?! s'étonna Archibald.

Alice se demandait ce qu'il y avait de si étonnant à ce qu'une fée bleue fasse de la magie. Après tout, ce sont des fées non ? Mais à y réfléchir, elle n'avait jamais vu les fées bleues faire usage de la magie en sa présence.

- Les fées bleues n'usent que très peu de la magie, expliqua Janice fidèle à son rôle, personne n'a jamais vraiment compris la façon dont elles fonctionnent, elles jouent tout le temps, ne savent pas s'arrêter, et possèdent la magie la plus mystérieuse du monde des mille merveilles.

Même les fées blanches ne les comprennent pas !

De plus en plus étrange, se dit Alice.

Dans les semaines qui suivirent, Madame Elisa, avec l'aide de Stephan, renforça la sécurité du manoir. Les petites fées bleues semblaient s'être calmées, mais Alice, qui passait beaucoup de temps dans le jardin, les voyait se réunir et se comporter de manière plus étrange que d'habitude.

Anette, qui avait peu à peu repris ses esprits, ne put expliquer les raisons de cette attaque. Elle ne savait pas non plus ce qui avait amené les fées à se comporter ainsi, et ses regards affolés convainquirent Alice de ne pas insister.

Le mois d'août arriva à grands pas. Le ciel, toujours bleu et sans nuages dans le monde des mille merveilles, laissait apparaître un soleil éclatant.

Janice était partie en vacances avec sa famille dans l'archipel des Hébrides, au nord du pays. Elle lui avait juré qu'elle lui ramènerait des souvenirs, notamment des pierres de runes magiques qui pouvaient renfermer des malédictions.

Pendant ce temps au manoir, Madame Elisa et tout le personnel s'affairaient à l'approche d'un évènement très spécial.

- Le bal d'hiver ?! s'était étonnée Alice quand sa
  tante lui avait apporté une robe blanche
  étincelante et un manteau de fourrure assorti.
- Le bal d'hiver. Tous les ans, le 25 août, la reine
  Elenor fait tomber de la neige sur tout le pays.
  Comme tu as pu le constater, les saisons n'ont
  pas le même cours ici. Mais pour cette journée
  spéciale, quelques grandes familles organisent
  des bals, et chez les Mervel c'est une tradition !
  avait-elle expliqué sans cacher son excitation.

Quand elle s'éveilla le jour du bal, Alice s'émerveilla du
spectacle qui l'attendait dehors. Le jardin, la rue, même
la coccinelle de sa tante, étaient recouverts d'un épais
manteau de neige d'un blanc étincelant.
Les domestiques avaient revêtu des uniformes blancs de
la tête au pied, jusqu'aux chaussures qui étaient blanches
également. La grande salle de réception, qui n'avait pas
encore accueilli d'invités depuis l'arrivée d'Alice, avait
été somptueusement décorée pour l'occasion.
Stephan s'était étonné du nombre d'invités qui avaient
répondu à l'invitation, car la majorité n'avait pas mis un
pied dans le manoir Mervel depuis une dizaine d'années
au moins. Alice avait deviné sans difficulté que sa

présence lors du bal y était sûrement pour quelque chose.

Sa robe de bal était plus confortable que celle qu'elle portait lorsqu'elle avait rencontré la famille royale, et elle s'en réjouissait.

Le matin, elle sortit se promener sous son épais manteau de fourrure qui se fondait tellement dans le paysage qu'on eut dit que le visage d'Alice flottait dans le vide. Pour la première fois, elle ne vit aucune fée dans le jardin. Les branches du chêne s'affaissaient, alourdies par la neige.

Les invitées commencèrent à arriver à partir de 18 h. Par dizaine, ils pénétraient dans le manoir accompagné de Stephan qui les introduisait dans la salle de réception. Rosetta s'était surpassée ce soir, car les tables étaient recouvertes de mets aussi beau qu'appétissant.

Madame Elisa et Archibald, tout de blanc vêtus, s'évertuaient à faire la conversation au nombre d'invités grandissant. Alice reconnut Sir Rodolph Chevalier, ainsi qu'une dizaine d'autres personnes qu'elle avait rencontrées au palais royal. D'ailleurs, comme lors de cette journée, ils s'extasiaient toujours de sa ressemblance avec sa mère Lorelei.

Un son de trompette retentit alors. La musique qui s'échappait d'un vieux tourne-disque s'arrêta et Stephan surgit dans la salle de réception. Il courut vers Madame Elisa et lui murmura quelque chose à l'oreille. Alice, qui se trouvait aux prises avec une femme en forme de bonbonne qui essayait de lui pincer les joues, observa la scène avec curiosité. Sa tante se tourna alors vers les invités et fit tinter son verre pour avoir leur attention.

- S'il vous plaît ! J'aimerais vous annoncer l'arrivée, inattendue je dois le dire, du prince Raphaël !

Un cérémonial, qu'Alice trouva grotesque, se mit alors en branle sous ses yeux. Les invités s'alignèrent en formant une allée autour de la porte de la salle, et Madame Elisa qui avait attrapé Alice au passage se tenait au bout.

Elle le vit alors faire son entrée, majestueux, un col d'hermine blanc éclatant lui entourant le cou. Il ressemble presque à un ange, se dit Alice distraitement. La foule s'inclina sur son passage.

- Bienvenue au manoir Mervel votre Altesse, lui dit Madame Elisa en s'inclinant, gracieuse dans sa robe blanche de satin, vous nous honorez de votre présence.

- Je n'aurais raté votre bal d'hiver pour rien au monde, répondit-il en posant ses yeux sur Alice.

Cette dernière s'apprêtait à lui faire une révérence bien étudiée, mais le prince lui prit la main et y déposa un baiser en s'inclinant.

- C'est un plaisir de te revoir Alice, lui dit le jeune prince.

Un lourd silence s'était installé et Alice sentit ses joues s'enflammer.

Enfin, Madame Elisa fit claquer ses mains et la musique reprit doucement, suivit du brouhaha des conversations.

Le prince alla saluer les invités personnellement au grand soulagement d'Alice. Elle en profita même pour s'éclipser. Janice lui manquait à cet instant plus que jamais. Que n'aurait-elle aimé rencontrer le prince, ici, au manoir Mervel. Elle sourit en pensant à sa réaction quand elle lui raconterait.

- Mademoiselle Alice !

C'était Anette qui lui courait derrière. Elle avait vite retrouvé la santé après l'attaque terrible qu'elle avait subie. Depuis cet évènement, elle n'avait plus été la cible des fées bleues, et semblait de moins en moins terrifiée quand elle passait devant les fenêtres du manoir. Elle arriva près d'Alice tout essoufflée.

- Nous… nous allons servir… le gâteau, lui dit-elle entre deux souffles, votre tante… veut… elle veut que vous soyez présente.

Décidément, elle ne pouvait échapper ni à la réception ni au prince par la même occasion. Elle se contenta de lever les yeux au ciel et suivit Anette sans protester. Sa tante était en grande discussion avec la femme bonbonne qui l'avait harcelée plus tôt. Elle riait en écoutant Madame Elisa, ses spasmes agitant sa robe blanche aux frous-frous innombrables.

- Ha ! Alice, lui dit sa tante en la voyant, tu tombes à point nommé ! Tu as rencontré Madame Agathe ?
- Oui Oui Madame Elisa, j'ai rencontré cette petite tout à l'heure, répondit la grosse femme avant qu'Alice n'ait pu répondre.
- Oh très bien, parfait ! s'écria Tante Elisa, les joues rosies par le champagne.

Des « Hooo » d'admiration s'élevèrent quand Rosetta fit son entrée, précédée d'un gâteau immense sur un plateau roulant. Il était blanc bien sûr, mais les décorations couleur argent étaient stupéfiantes de beauté. Rosetta était, en plus d'être une cuisinière de talent, une véritable artiste. Le prince Raphaël applaudit, imité rapidement par tous les invités.

Il fut le premier servi, comme la bienséance l'exigeait, puis ce fut le tour des invités. Alice, à qui Anette avait apporté une belle part de gâteau, s'apprêtait à le manger et s'était isolée pour ce faire dans un coin de la salle de réception. La fête battait son plein, et quelques personnes parmi les invités s'étaient mises à danser une valse sur le rythme lancinant du tourne-disque.

Du coin de l'œil, Alice observait le prince, qui s'entretenait avec un vieil homme aux cheveux aussi blancs que sa tenue. Se sentant peut-être observé, il tourna les yeux vers elle et leur regard se croisa.

Consternée, Alice le vit se diriger vers elle avec une grâce royale.

- Tu ne prends pas part au festin ? lui dit-il lorsqu'il la rejoignit. Il tira une chaise et s'installa près d'elle.

- Tu n'as pas touché à ton gâteau, poursuivit le prince en désignant la part de gâteau intacte.

- Je n'ai plus faim, mentit Alice, j'ai dû manger trop de canapés.

- Dommage, tu rates quelque chose, il est vraiment délicieux.

Alice sentit des regards curieux peser sur eux. Quelques invités les observaient avec des yeux ronds.

- Je crois que les invités vous attendent, votre Altesse, dit Alice qui commençait à regretter son mensonge et regardait son gâteau avec amertume.
- Tu peux m'appeler Raphaël, dit le prince gentiment, je suis un peu las de ces manières royales.

Il avait dit cela sur un ton mélancolique. Alice, pour la première fois, vit le visage du jeune garçon qu'il était.

- Est-ce que tu apprends le métier de ton père ? lui demanda-t-il en reprenant un air princier.
- Heu… non, répondit Alice surprise par cette question inattendue. Ma tante me dit que j'ai encore le temps pour cela.

Le prince éclata de rire :

- C'est, en effet, le moins que l'on puisse dire !

Alice, qui venait de comprendre, éclata de rire à son tour.

- Oui, c'est vrai que je ne l'avais pas entendu comme ça au début ! dit Alice, soudain plus détendue.

Elle lui expliqua qu'elle n'avait encore jamais montré le moindre signe de magie, mais qu'elle n'avait pas essayé non plus.

- Oui, il vaut mieux éviter de toute façon, si tu ne sais pas le contrôler, les conséquences pourraient être désastreuses.

Ils devisèrent ainsi, une minute ou une heure, Alice ne savait plus.

Ce n'est que lorsqu'ils se levèrent qu'elle comprit que quelque chose clochait. Le prince, qui était plus grand qu'elle d'au moins une tête, en faisait à présent deux de moins !

Un cri parmi les invités attira son attention. Alice n'en croyait pas ses yeux.

Plusieurs invités, y compris le prince, s'étaient mis à rapetisser.

CHAPITRE 11 :
Une montre particulière

La panique se diffusa progressivement. Madame Elisa, qui s'était figée au milieu de la piste de danse à la vue des invités qui rapetissaient, regardait autour d'elle, une expression d'horreur sur le visage.

- Où est le prince ?! OÙ EST LE PRINCE ?! criait un valet en livrée royale.

Alice n'avait pas bougé, saisie par le spectacle de toutes ses personnes qui disparaissaient à vue d'œil. Elle entendit soudain :

- ALICE ! Par ici ! En bas !

Elle baissa les yeux, et vit le prince Raphaël, à présent minuscule, lui faire de grands gestes. Elle se baissa pour le ramasser, ne sachant comment gérer cette situation surréaliste.

- Ha vous ! Là ! Avez-vous vu le prince ? lui lança le valet qui cherchait le prince.

Les yeux exorbités et affolés, il baissa le regard sur la main d'Alice.

- Mais qu'est-ce que… PAR TOUS LES SAINTS ! Mais qu'avez-vous fait ?!

Alice, plus perdue que jamais, ouvrit la bouche, mais aucun son n'en sortit. Elle tenait littéralement le prince Raphaël dans sa main et il avait à présent la taille d'une fée bleue.

Madame Elisa, qui n'avait pas perdu sa taille et avait retrouvé ses esprits, arriva au moment ou Alice mettait le prince dans la main du valet royal.

- C'est un scandale Madame Elisa ! s'écria-t-il indigné, empoisonner le prince ! vous avez perdu la tête ! Ne vous inquiétez pas, votre Altesse, reprit-il en s'adressant au prince qui était debout sur sa paume, nous allons rentrer au palais et vous retrouverez votre taille rapidement !

Il tourna les talons d'un air dédaigneux et offusqué, et s'en fut sans autre forme de procès.

Madame Elisa se précipita vers Alice :

- Tu n'as rien ? Ça va ?

Alice hocha la tête :

- Que s'est-il passé Tante Elisa ? demanda-t-elle en regardant les invités courir en tous sens, les uns quittant le manoir, les autres ramassant les petits convives.
- Je ne sais pas Alice.

Elle regarda la table ou Alice était assise une seconde
avant cette folie.

- Tu n'as pas mangé ton gâteau ? lui demanda-t-
  elle, suspicieuse.
- Non, je ne l'ai pas touché, lui dit Alice.

Elle se demandait pourquoi sa tante se souciait du fait
qu'elle n'ait pas mangé son gâteau, alors que la moitié
des invités faisait maintenant la taille d'un écureuil.

- Je n'en ai pas mangé non plus, se contenta de
  dire sa tante.

La réception, tout comme le festin, avait définitivement
pris fin. Les domestiques accompagnèrent les minuscules
invitées, qui hurlaient des invectives scandalisées, à
l'extérieur du manoir pour que les malheureux soient
conduits à l'hôpital.

Madame Elisa se tourna vers Alice :

- Monte dans ta chambre, je vais régler tout ça.

Alice aperçut Archibald qui donnait des instructions à
John, son valet, et à Stephan. Elle fut soulagée de voir
qu'ils n'avaient pas été rapetissés.

Mais qui avait donc pu empoisonner le gâteau se
demandait Alice en montant dans sa chambre. Et à quoi

bon rapetisser des personnes à un bal, cela n'avait pas de sens. Si c'était une blague, elle était de très mauvais goût.

- Mademoiselle Alice !

C'était encore Anette. Cela devenait agaçant pour Alice de ne pas pouvoir faire un pas sans voir la femme de chambre aux cheveux de feu lui courir derrière.

- Je suis contente de voir que vous allez bien ! lui dit-elle avec une expression indéchiffrable.
- Oui, Anette, j'ai eu de la chance. J'allais dans ma chambre.
- Oh bien sûr, oui. C'est une chance que vous n'ayez pas mangé de ce gâteau. Et bien, je vous souhaite une bonne nuit Mademoiselle.
- Bonne nuit Anette.

Alice lui tourna le dos, heureuse d'en être enfin débarrassé, ne serait-ce que le temps d'une nuit.

Elle enfila sa chemise de nuit une fois dans sa chambre et plia correctement sa robe de bal avec un soupir mélancolique.

Elle s'entendait si bien avec le prince, et peut être, oui peut-être, allait-il même l'inviter à danser. Elle rangea sa robe avec amertume dans son armoire. C'est alors qu'un objet tomba de l'étagère. Son vieux journal ! Elle fouilla frénétiquement au fond de l'étagère d'où il était tombé et en sortit son vieux lapin ! Elle les avait complètement oubliés, pendant tout ce temps. Elle vit alors son reflet dans le miroir de l'armoire, une brindille aux cheveux de blé, qui tenait un vieux journal écorné et un vieux lapin épuisé dans les mains. Elle réalisa soudainement à quel point elle avait changé.

Alice songea un instant à se débarrasser de ces deux petits objets, qui racontaient un lourd passé. Mais au lieu de les jeter, elle les remit au fond de l'étagère.

Elle alla s'allonger dans son lit pour y réfléchir à tous les évènements qui s'étaient produits au manoir depuis son arrivée. Aucun miroir n'avait été brisé depuis l'attaque d'Anette. Et cette nouvelle histoire de gâteau empoisonné ne faisait qu'embrouiller de plus en plus le tableau qu'Alice croyait voir se dessiner peu à peu. Elle sentit alors un contact froid sur son pied. Elle se redressa en sursaut. En cherchant sous les draps au niveau de ses pieds, elle mit la main sur l'objet qui l'avait fait sursauter. C'était une montre à gousset en or, surmontée de pierres bleues qui chatoyaient au moindre mouvement. En l'ouvrant, Alice découvrit un cadran des plus intrigant. Il y avait des inscriptions en or sur fond bleu qu'Alice ne comprenait pas, et des aiguilles qui indiquaient toute sorte de choses excepté l'heure. Instinctivement, elle cherca s'il n'y avait pas autre chose sous le drap. Et elle en sortit une seconde plus tard un petit carnet de couleur noire, avec une couverture de cuir souple. Sur celle-ci on pouvait lire, en lettre d'or : *Manuel d'usage de l'Hybris Artistica* et plus bas : *par Jonas Mervel, Retourne-temps au service de la couronne, et Horloger Royal.*

Fébrile, elle ouvrit le petit carnet. À l'intérieur se trouvait un véritable mode d'emploi de la magnifique montre qu'elle venait de trouver. Il était écrit à la main, celle de son père disparu, et c'est avec une forte émotion qu'elle parcourut ses pages.

Les premières contenaient des instructions, d'une complexité folle, qui indiquaient comment ajuster la période traversée par le retourne-temps. Alice prit la montre en tremblant et voulut essayer une des fonctions de la montre. Les illustrations qui accompagnaient les instructions étaient compréhensibles pour Alice, au contraire des formules, alors pourquoi pas se disait-elle. Elle s'apprêtait à tourner l'une des multiples couronnes de la montre, mais elle se ravisa. En réalité, elle était terrifiée. Et elle ne pouvait pas prendre le risque de faire ça seule.

Elle finit par ranger la montre et le carnet. Elle les dissimula dans son armoire, entre deux vêtements, et retourna se coucher.

Elle se demanda qui avait bien pu lui laisser cette montre et ce carnet, tout en ramenant les couvertures sur elle. Cela devait forcément être son grand-père Archibald, mais elle avait quelques doutes. De ce qu'elle en savait, les retours dans le temps étaient surtout une chose extrêmement dangereuse avant d'être un don fantastique. Et son grand-père ne prendrait pas le risque de la laisser utiliser son pouvoir toute seule, sans connaissances. D'ailleurs avait-elle même ce pouvoir ? Elle ferma les yeux. À cet instant, une pensée fulgurante la frappa. Elle n'avait jamais dit à Anette que le poison était dans le gâteau.

- Je t'assure, dit Alice en levant les bras d'impatience, elle a dit exactement ça « c'est une chance que vous n'ayez pas mangé de ce gâteau » alors que je n'avais pas du tout parlé du gâteau !
- Je ne sais pas Alice, lui répondit Janice peu convaincue, Anette ? Une empoisonneuse ? Si ça

te trouve, ta tante lui a parlé juste après la
réception.

Janice était revenue de ses vacances, quelques jours
seulement après la tenue du bal d'hiver. Elle avait
apporté à Alice une de ces fameuses pierres de runes
maudites, très répandue dans l'archipel des Hébrides,
sans manquer de lui faire de graves recommandations.

- Ne lis jamais à haute voix les runes surtout,
  sinon la malédiction prendra effet !

Elle s'était extasiée puis horrifiée lorsque Alice lui avait
conté comment s'était déroulé le bal. Et elle avait failli
s'étouffer en découvrant la montre et le carnet qu'Alice
avait découvert dans son lit le soir du bal.

Elles discutaient cet après-midi dans la bibliothèque des
forts soupçons que portait Alice sur Anette.

- Et tu ne veux pas en parler à ta tante ? lui
  demanda Janice.
- Non, elle passe son temps à l'extérieur ou dans
  son bureau privé. Depuis le bal elle rend visite à
  tous les invités qui ont été victimes du gâteau
  empoisonné et Archibald l'accompagne pour la
  soutenir. Elle doit présenter des excuses à tout le
  monde !

- Oui, ça complique les choses. Les gens croient qu'elle a fait ça délibérément pour se venger.
- Se venger ?! s'exclama Alice, mais de quoi pourrait-elle bien vouloir se venger ?
- Et bien, j'ai entendu mon père raconter à ma mère qu'après la disparition de tes parents, la plupart des gens de la cour ont tourné le dos à ta famille. Ta tante a perdu son pouvoir et ton grand père a fait le serment de ne plus utiliser le sien.

Alice était abasourdie. Et en colère aussi. Mais elle ne voyait pas sa tante se muer en empoisonneuse vengeresse et rancunière.

- Ma tante ne ferait jamais une chose pareille, les gens doivent bien se douter qu'elle est incapable de faire du mal à une mouche ! Et puis je suis certaine qu'Anette à quelque chose à voir là-dedans !
- À voir dans quoi ?

La rousse avait surgi de nulle part. Alice et Janice échangèrent un regard paniqué.

- Heu… on parlait des fées bleues, dit précipitamment Alice.

- Oui ! poursuivit Janice vivement, on se disait qu'on ne les voyait plus beaucoup dans le jardin. Et que tu y es pour quelque chose forcément.
- C'est ça, renchérit Alice, depuis qu'elles t'ont attaquée Madame Elisa les a vraiment calmées !

La jeune femme les observa d'un œil soupçonneux. Et Alice ne sut pourquoi, mais un frisson parcourut son échine lorsque leurs regards se croisèrent.

CHAPITRE 12 :
La retourne-temps

Au quinze septembre, Madame Elisa et Archibald avaient visité 12 des invités rapetissés.

Ils manquaient à Alice, qui les voyait de moins en moins souvent. Leurs promenades régulières dans le jardin, les thés qu'elles prenaient ensemble avec Archibald qui fumait sa pipe, les visites à la cour des merveilles, lui manquaient.

Elle rêvassait sous le chêne en repensant à ces instants quand Janice accourut, un livre épais dans les bras.

- J'ai trouvé quelque chose !

Elle déposa le livre sur le sol et l'ouvrit.

- Regarde, lui dit-elle, Il est expliqué ici que les fées bleues, normalement gaies et joyeuses deviennent soudainement violentes et furieuses lorsqu'elles sont en présence de Sombre Magie ! Je crois que tu as raison au sujet d'Anette ! Elle cache quelque chose de pas net du tout !

Elle lui montrait une page manuscrite qui comportait une illustration représentant une fée bleue accompagnée d'un texte en vers :

> *Mystérieuses malicieuses*
> *Aux manières si curieuses.*
> *Elles sont gaies et joyeuses*
> *En demeure harmonieuse*
> *Très violentes et furieuses*
> *En présence pernicieuse.*

L'auteur du texte s'appelait Lucas Lecurieux, spécialiste en Magie, créatures magiques et Notions Quantique.

- C'est forcément ça, elle doit user de la sombre magie, c'est évident ! Mais je ne vois pas ce qu'elle peut bien chercher à obtenir, dit Alice.
- Il faut qu'on en parle à ta tante. C'est ce qu'il y a de mieux à faire, je pense.
- Je ne suis pas sûre qu'un poème puisse convaincre ma tante que sa femme de chambre est une adepte de sombre magie. En plus, elle n'est quasiment jamais au manoir, elle visite encore des invités du bal... dit Alice avec un

soupir. Je crois qu'il va falloir que l'on se débrouille toute seule.

- C'est dangereux Alice ! Il faut que l'on prévienne ta tante. Si Anette utilise de la sombre magie, c'est qu'elle est vraiment maléfique, et les gens comme ça ne reculent devant rien.

Ces derniers temps, Alice évitait autant qu'elle pouvait la femme de chambre. Stephan assurait la surveillance d'Alice à son grand soulagement. Sa tante, qui devait se dire qu'Anette oublierait sans doute de la nourrir, l'avait confié à ses bons soins.

- Le problème, c'est qu'elle doit se douter qu'on la soupçonne, poursuivit Alice ignorant les avertissements de son amie, et quoi qu'elle cherche, il se peut qu'elle atteigne son but rapidement ! On doit agir vite !

Janice rechignait. Il fallait qu'Alice la convainque de lui venir en aide pour arrêter Anette.

- J'ai pensé que peut-être je pourrais utiliser la montre de mon père.

Janice parut scandalisée.

- Non Alice ! Tu ne peux pas ! Le fait que tu détiennes un objet comme celui-là est déjà à la limite de la légalité ! Des punitions terribles sont infligées aux personnes qui modifient le temps sans autorisations du roi et de la reine !

Alice le savait bien. Et elle était reconnaissante à Janice de ne pas en avoir averti son père. Elle était la seule personne à qui elle en avait parlé et elle n'avait pas essayé d'utiliser la montre. Elle avait cependant bien étudié le manuel.

- Je me disais seulement que si je pouvais découvrir ce que cache Anette, je pourrais l'empêcher de nuire à nouveau à ma tante et à ma famille.

En réalité, elle avait déjà élaboré tout un plan. Elle attendait seulement l'assentiment de son amie, très portée sur le respect des lois de ce monde, pour lui en donner les détails. En mentionnant sa tante, Alice eut le résultat qu'elle escomptait.

- Je comprends, je t'avoue que j'en ferais autant s'il s'était agi de ma famille. Mais je veux que tu me promettes de ne rien changer au cours du temps. Si mon père apprenait ça, il serait furieux !

Alice promit et lui exposa son plan.

Le lendemain, Alice et Janice se retrouvèrent dans la maison de cette dernière. Stephan y avait déposé Alice en début d'après-midi, avant de reprendre le chemin du manoir.

Elle avait pris soin d'emporter la montre de son père, ainsi que le manuel, dans un petit sac qu'elle avait gardé jalousement comme on garde un précieux trésor.

- Alors voilà, dit Alice lorsqu'elles furent enfin seules, je vais me rendre au jour où j'ai été présentée à la cour. Si je peux voir ce que faisait Anette quand les miroirs ont été brisés, je suis sûre de la prendre sur le fait. Je vais aller au manoir et découvrir ce qu'elle manigance.

Un passage du manuel expliquait comment le retourne-temps, grâce à la montre, pouvait remonter le temps et évoluer dans deux temporalités en même temps. Alice du passé irait à la présentation royale et Alice du présent irait suivre Anette discrètement au manoir le jour même. Alice s'assura avec Janice que sa maison était vide le jour de la présentation. Il ne fallait pas qu'elle soit vue.

Elle prit la montre, en tremblant, et se concentra. Elle tourna deux couronnes pour régler les aiguilles, et appuya sur un bouton. Les rouages se mirent en branle, et la montre se mit à émettre un tic tac hypnotique. Il fallait qu'elle visualise le jour en question, qu'elle mette toute son énergie dans cette pensée.

Poussée par une bouffée soudaine, une assurance la gagna peu à peu. Je suis Alice Mervel, se dit-elle, la fille de Jonas Mervel, un brillant horloger et un retourne-temps célèbre, je peux le faire. Je dois le faire. Pour tante Elisa, pour Archibald.

Quelque chose se produisit.

Un instant, elle crut que ça n'avait pas marché. Mais l'absence de Janice lui confirma qu'elle avait réussi. Elle avait fait son premier voyage dans le temps ! Mais elle n'avait pas le temps de se réjouir. Il fallait qu'elle se rende au manoir au plus vite. Elle enfila une robe et une coiffe discrètes, que Janice lui avait dit où trouver, et sortit de la maison. Il n'y avait presque personne dans les rues, c'était le milieu de la matinée.

Alice traversa les rues, tête baissée, en évitant soigneusement de parler à quiconque. Elle vit enfin le manoir. Il fallait qu'elle prenne soin de ne croiser personne, et surtout pas quelqu'un qui la savait au palais royal, et elle n'avait pas encore vraiment songé à la façon dont elle allait pénétrer dans le manoir. Elle le contourna, et pénétra dans le jardin en grimpant un muret. Le manoir avait une entrée à l'arrière qui menait aux cuisines. Alice s'y introduisit, les jambes tremblantes. Rosetta était occupée aux fourneaux, et elle n'eut aucun mal à l'éviter. Elle prit le couloir qui menait aux appartements des domestiques. Elle n'avait jamais été dans la chambre d'Anette, et c'est avec soulagement qu'elle découvrit que les noms des employés du manoir étaient inscrits sur la porte de leurs chambres respectives. Elle colla son oreille sur la porte de la chambre d'Anette en retenant sa respiration. Mais elle n'entendit aucun bruit, aucun son.

En silence, elle quitta les dépendances et entreprit de rechercher Anette dans les couloirs du manoir. Selon sa routine du matin, elle devrait normalement être en train de faire les poussières.

Alice parcourut les couloirs, et évita de justesse Stephan en se cachant derrière un chiffonnier. Sa petite taille, se dit-elle, avait certains avantages.

C'est non loin du salon qu'elle la trouva enfin. Elle nettoyait un miroir immense, au cadre doré. Alice, qui se tenait à quelques mètres, dans un angle de couloir l'observa attentivement. Les miroirs ne devraient plus tarder à se briser, se dit-elle.

Anette posa alors son chiffon. Alice s'aperçut que sa silhouette devenait de plus en plus floue. Comme de la fumée. En un rien de temps, Anette n'était plus qu'un corps de fumée blanche. L'étrange chose posa alors sa main sur le miroir, et la forme d'Anette reprit peu à peu sa netteté. Une petite forme bleue, qu'Alice n'avait pas vue, surgit soudainement et un éclair bleu aveugla Alice. Un fracas énorme de verre brisé résonna alors dans tout le manoir. Anette, qui avait vu la fée bleue, se mit à courir dans la direction d'Alice. Retenant son souffle, Alice se plaqua au mur et se fit plus petite que jamais. Que n'aurait-elle voulu être minuscule à cet instant. Elle ferma les yeux, en attendant le moment fatidique ou Anette, cette créature étrange, remarquerait sa présence et la tuerait sans doute parce qu'elle l'avait vue telle qu'elle était vraiment.

Mais rien ne se passa. Alice ouvrit les yeux, et vit qu'Anette, ou peu importe comment cette chose s'appelait, avait continué sa course, sans lui prêter attention. Prestement, tremblante et paniquée, Alice prit le chemin de la maison de Janice. Elle était plus que bouleversée, elle ne savait pas à quoi elle avait affaire, et pour la première fois depuis qu'elle était arrivée dans ce monde, elle se sentait vraiment terrifiée.

Parvenue chez Janice, sans rencontrer de difficultés, elle remit sa robe et revint dans le temps présent, où son amie l'attendait impatiemment.

CHAPITRE 13 :
L'imposteur

- Tu ne vas pas croire ce que j'ai vu Janice ! s'écria
  Alice au moment où elle ouvrit les yeux.

Janice l'observait avec de grands yeux.

- Qu'est-ce qu'il y a ? dit Alice qui commençait à
  s'inquiéter de la voir muette.

- C'est que… Waou… s'étonna Janice. Je n'avais
  encore jamais vu ça ! Tu as disparu et tu es
  revenue presque aussitôt. C'est impressionnant
  Alice. En vérité, je dois t'avouer que je ne
  pensais pas que tu y arriverais du premier coup !
  J'ai dû m'y reprendre au moins une centaine de
  fois avant d'animer mon premier objet !

Elle la regardait avec admiration.

- Arrête Janice, je t'ai déjà dit que ça me mettait
  mal à l'aise. Écoute, c'est important ! J'ai pu voir
  ce que faisait Anette quand les miroirs se sont
  brisés, et tu ne vas pas croire ce que j'ai vu !

Elle lui raconta alors ce qu'elle avait vu. Le corps de
fumée, la main sur le miroir, les fées bleues.

- Je crois que je sais ce que c'est, dit Janice, la voix tremblante, mais je n'en suis pas sûre.
- Tu penses à quoi ? demanda Alice
- Je pense qu'il peut s'agir d'un voleur de reflet. Ils faisaient fureur à la cour au 17e siècle. Mais ils sont très vite devenus gênants et incontrôlables.
- Un voleur de reflet ?
- Oui, ce sont des gens capables de prendre l'apparence de n'importe qui à partir de leur reflet. Ils ont la capacité de projeter le reflet d'une autre personne, en le lui volant. Et les gens n'y voient que du feu généralement. On les appelle aussi les imposteurs.

Alice se souvenait vaguement avoir lu quelque chose à ce sujet.

- Mais qu'est-ce qu'il peut bien vouloir ? dit-elle, pensive.

Les deux jeunes filles se regardèrent en silence. Alice ne pouvait pas parler de sa découverte à sa tante, sans mentionner le fait qu'elle avait effectué un voyage dans le temps. Quant à Archibald, elle ne savait pas vraiment à quoi s'attendre. Et il était hors de question d'en parler au père de Janice. Elles avaient enfreint la loi. Craignant leurs réactions autant que pour leur sécurité, Alice ne savait plus quoi faire. Cet imposteur vivait dans sa maison, et elle n'avait aucun moyen de le démasquer sans se mettre elle et Janice en grave péril. Il fallait qu'elles trouvent une solution.

- La seule solution qu'il nous reste c'est de confronter Anette, dit enfin Janice. On lui dit qu'on est au courant de tout et on demande à cet imposteur ce qu'il cherche.
- Mais s'il nous jette un sort, ou pire, qu'il s'en prenne à nous physiquement ?
- Si tu y réfléchis, dit Janice en fronçant ses épais sourcils bruns, il ne pourra rien nous faire sans se démasquer. Si quoi que ce soit venait à nous arriver, il ne sera pas difficile de remonter jusqu'à lui, enfin… Anette. Si nous avons pu découvrir qui elle est vraiment, ta tante le découvrirait aussi en faisant quelques recherches.

Alice remarqua qu'elle avait dit cela sans souligner le fait que cela impliquait qu'elle pouvait être blessée elle aussi. Et cette idée lui était insupportable.

- Non Janice, je ne veux pas que tu sois blessée. Cet… imposteur vit dans ma maison, c'est mon

problème, je ne veux pas qu'il t'arrive quoi que
ce soit.

-    Mais je suis ton amie ! s'écria Janice, et je ne
     veux pas non plus qu'il t'arrive quelque chose !
     En plus, si je n'avais pas voulu m'embarquer
     avec toi dans cette aventure, je ne l'aurais pas
     fait.

Elle se tut un instant.

-    Tu comptes beaucoup pour moi Alice. Et si ta
     famille est en danger, je veux t'aider.

Elle avait dit cela en regardant Alice dans les yeux.

-    Alors d'accord, répondit Alice en lui souriant,
     nous allons faire selon ton plan. Nous allons
     confronter Anette ensemble !

Stephan vint la récupérer en fin d'après-midi. Alice dîna
ce soir, plus silencieuse que jamais. Madame Elisa et
Archibald étaient rentrés si fatigués de leur journée
mondaine, qu'ils ne s'inquiétèrent pas de son mutisme.
Quant à elle, elle allait confronter l'imposteur le
lendemain avec Janice, et ne songeait qu'à la façon dont
elles allaient s'y prendre.

L'idéal serait de la coincer dans la bibliothèque. Elle
n'était pas loin du bureau de Stephan, aussi, si elles se
mettaient à crier, il les entendrait sûrement.

Elle s'endormit en y réfléchissant encore, et les rayons du soleil au petit matin mirent fin à ses rêves remplis de brume en forme d'homme.

Janice arriva au manoir en début d'après-midi.
Ensemble, elles se rendirent à la bibliothèque pour attendre l'une des sempiternelles visites d'Anette.
Et elle ne tarda pas à se montrer, comme elles l'avaient escompté.

- Oh bonjour Mademoiselle Janice ! Comment allez-vous ?
- Bonjour Anette, lui répondit Janice d'une voix blanche.

Alice sauta sur l'occasion, bien qu'une terreur sourde lui paralysait lentement les membres.

- Anette, nous devons te parler.
- Bien sûr, répondit Anette en souriant.

Janice fixait l'imposteur qui était Anette, et Alice se demanda un instant laquelle d'entre elles était la plus terrifiée.

- Je sais ce que tu es Anette, dit Alice sans détour. Tu es un imposteur. Et c'est inutile de le nier.

Elle ne pouvait pas contrôler le tremblement de sa voix. Anette, qui l'avait écouté avec attention, affichait toujours le même sourire. Elle éclata de rire :

- Mais enfin Mademoiselle Alice ! Qu'allez-vous inventer !? Un imposteur ?!
- Nous en sommes sûres, dit Janice d'une voix mal assurée, c'est pour ça que les fées bleues n'arrêtaient pas de t'attaquer. Tu pratiques de la sombre magie ! Je ne sais pas où est la vraie personne à qui tu as volé le reflet, mais nous allons vite le découvrir !

Le sourire d'Anette s'effaça. Les jeunes filles retinrent leur souffle.

- Je vous souhaite bonne chance pour le prouver, dit Anette d'une voix sombre.

Alice et Janice échangèrent un regard de stupeur.

- Bien joué, Miss Mervel, poursuivit-elle sur le même ton, j'étais sûre que ça ne prendrait pas longtemps avant que quelqu'un ne découvre mon petit secret.

Elle se dirigea vers la porte et la verrouilla, sous le regard des filles, paralysées par la peur.

- Puis-je savoir comment vous avez découvert que j'étais un imposteur ? leur demanda-t-elle.

- Les fées, répondit Alice promptement, ce sont les fées bleues qui nous ont mis sur la piste.

Il ne fallait surtout pas que l'imposteur sache qu'elle possédait la montre de son père, et qu'elle s'en était servie pour le démasquer.

- Je vois, dit l'imposteur en souriant d'un air vicieux. Mais je me demande, n'auriez-vous pas fait usage d'une certaine montre, à tout hasard ?
- Comment ?! s'exclama Alice, comment sais-tu pour la montre ?
- Et comment crois-tu qu'elle est arrivée en ta possession, petite idiote ?! cracha Anette, qui arborait maintenant son vrai visage. J'avais besoin que tu la trouves et que tu t'en serves ! Je devais m'assurer que tu étais capable de remonter le temps et d'utiliser cette montre.
- Mais pour quelles raisons ? Que me voulez-vous ?
- Tu le découvriras bien assez tôt.

Alice essaya d'évaluer ses options. Mais l'imposteur avait fermé la porte, l'unique entrée de la bibliothèque. Pourquoi ne pas crier et Stephan accourrait pour les sauver. Elle jugea qu'il était plus malin de la faire parler.

Avec un peu de chance, Madame Elisa rentrerait tôt.

Elle souhaitait de tout son cœur qu'elle rentre plus tôt.

- Pourquoi as-tu empoisonné le gâteau, le soir du bal ?

- Le soir du bal, si tout s'était déroulé comme je l'avais prévu, nous ne serions pas ici aujourd'hui, miss Mervel.

Janice, qui s'était tue jusque-là, dit soudain :

- Mais que veux-tu enfin ?! Tu peux être sûre que je vais avertir mon père dès que je serais rentrée !

- Oh mais tu ne rentreras pas, je te rassure, lui dit l'imposteur toujours souriant.

  J'avais l'intention de t'enlever le soir du bal, reprit-il en s'adressant à Alice, mais je n'avais pas prévu que tu ne toucherais pas au gâteau de Rosetta. Au lieu de ça je t'ai vu minauder avec ce stupide prince blondinet !

  Après ça, cette chère Elisa a commencé à avoir des doutes à mon sujet, comme cette charmante Anette était la dernière à avoir été engagée au manoir parmi les domestiques. Stephan était sur mon dos toute la journée depuis, mais j'ai réussi à me débarrasser de lui aussi.

L'imposteur prit alors la forme de Stephan. Alice et Janice poussèrent un cri.

- Qu'as-tu fait à Stephan ? hurla Alice, dont les yeux s'étaient remplis de larmes.
- Il respire encore si tu veux le savoir. J'ai besoin de lui en vie de toute façon pour prendre sa forme. Mort il ne m'est d'aucune utilité.

Alice regardait la chose hideuse qui avait pris la forme du majordome qu'elle affectionnait tant. Janice était secouée de sanglot.

Dans un élan de courage, Alice réussit à formuler :

- Laisse partir Janice, et je ferais ce que tu veux.
- Mais je ne peux pas laisser partir ma précieuse monnaie d'échange. Maintenant, tu vas faire quelque chose pour moi. Je veux que tu montes dans ta chambre et que tu ailles chercher ta jolie montre. Je vais t'attendre ici avec Janice, lui dit le majordome menaçant.

Il sortit un long couteau de sa veste, et fit signe à Alice de se diriger vers la porte.

CHAPITRE 14 :
Temps de travers et
monde à l'envers

Les jambes tremblantes, la gorge serrée, Alice sortit de la bibliothèque, sous le regard de l'imposteur qui avait pris la forme de Stephan. Janice, dont les sanglots faisaient trembler tout son corps, était restée assise sur une chaise.

Alice n'aurait su dire comment elle atteignit sa chambre. Une fois la montre et le carnet en sa possession, elle redescendit les marches et manqua de tomber une bonne douzaine de fois, tant ses jambes ne la soutenaient plus. Elle croisa Rosetta, qui transportait une caisse d'oignons vers les cuisines :

- Voulez-vous que je vous fasse porter une part de gâteau dans la bibliothèque Mademoiselle ?

Alice se contenta de secouer la tête pour lui répondre. Si elle ouvrait la bouche, elle risquait de hurler. Rosetta haussa un sourcil, puis reprit son chemin.

Elle poussa enfin la porte de la bibliothèque. L'imposteur était toujours debout, un couteau à la main, près de la chaise ou Janice était assise.

- J'ai… j'ai la montre. Maintenant laisse partir Janice.

- J'ai encore besoin d'elle un petit moment, dit-il caressant les cheveux de Janice. Ouvre la montre ! lui cria le majordome, plus menaçant que jamais.

Alice s'exécuta.

- Maintenant, tu vois le symbole de l'infini, sur le cadran ?

Alice fit oui de la tête. En effet, un petit symbole doré en forme de huit se trouvait sur le contour d'un des sous-cadrans.

- Tu vas aligner l'aiguille dessus, et appuyer sur le bouton qui se trouve sur le dos de la montre.

Alice n'avait pas encore étudié cette partie du manuel.

- Que va-t-il se passer lorsque j'aurais appuyé sur ce bouton ? demanda-t-elle d'une toute petite voix.

- Tu vas faire un petit voyage, dans un endroit très spécial. Je veux que tu ailles chercher quelqu'un.

- Et comment saurais-je de qui il s'agit ?

- Tu sauras de qui il s'agit lorsque tu l'auras
  trouvé. Et si jamais... tu reviens sans cette
  personne...

Le majordome fit glisser le couteau sur le cou de Janice.
Celle-ci tremblait tellement qu'Alice crut qu'elle allait
s'évanouir. Elle fit tourner une des couronnes et appuya
sur le bouton derrière la montre. Comme la première
fois, la montre se mit à émettre son tic-tac hypnotique.
Alice ferma les yeux. Elle essayait de se concentrer, mais
la peur l'en empêchait. Ne sachant pourquoi, elle pensa
à son père. Cette idée lui donna une sorte de courage, et
elle prit une profonde inspiration.

Un instant plus tard, elle ouvrit les yeux. Au début, elle
fut éblouie par la clarté qui régnait à l'endroit où elle
avait atterri. Peu à peu, ses yeux s'adaptèrent et elle
inspira bruyamment. La pièce, de forme circulaire,
ressemblait à l'intérieur d'une horloge gigantesque.
D'énormes rouages se superposaient et s'imbriquaient les
uns aux autres. Elle baissa les yeux et constata qu'elle-
même se tenait debout sur un rouage géant. Sur les
murs, d'étranges formes lumineuses se mouvaient, sans
qu'Alice ne puisse distinguer de quoi il s'agissait.

Elle s'en approcha prudemment et poussa un cri. Les formes lumineuses étaient en fait des images qui se déroulaient à la manière d'un film. Dans l'une, on voyait un groupe d'hommes vêtus d'uniformes bleus combattre des trolls monstrueux munis d'épées géantes. Les images étaient fascinantes bien que d'une grande violence. Elle s'en détourna et en regarda une autre. Dans celle-là, on voyait des personnes en tenue de soirée en train de danser, et une femme très jeune aux cheveux couleur chocolat virevoltait sur la piste avec le roi Alanor, plus jeune lui aussi, en riant aux éclats.

-    Tante Elisa ! murmura-t-elle le souffle court.
C'était comme si les murs racontaient le passé.
Mais Janice était en danger, et Alice devait trouver la personne que l'imposteur tenait tant à retrouver.
Elle fit le tour de la pièce, mais il n'y avait aucune porte. Les rouages, qui se superposaient au-dessus d'elle, devaient peut-être mener quelque part. Elle se mit alors à grimper. Un mètre après l'autre, elle remonta dans ce qui ressemblait de plus en plus à une tour sans fin. Essoufflée, en sueur, elle grimpa enfin un dernier rouage, en puisant dans ses dernières forces. À bout de souffle, elle se laissa tomber sur le dos. Mais quel était donc cet endroit et pourquoi n'y avait-il aucune issue ?

Elle se releva, un peu trop vite. La tête lui tournait à présent et l'épuisement qu'elle ressentait l'amena aux bords des larmes.

Elle leva les yeux pour mieux observer le plafond. Au-dessus d'elle, au milieu du plafond, se trouvait une sorte de trappe. En levant les bras, elle touchait presque la poignée. À force de sauts, elle réussit à l'attraper, et ouvrit la trappe. Elle vit d'abord une forte lumière, mais c'était le ciel qu'elle voyait. Contrairement au monde des merveilles, celui-là était d'un gris sombre et orageux.

Elle s'encouragea intérieurement encore une fois, pensa à Janice, et d'un bond se hissa hors de la trappe.

La première chose qu'elle vit en sortant la tête fut de l'herbe. Asséchée, elle s'étendait à perte de vue sous ses yeux. Elle s'était hissée jusqu'à la taille, quand elle sentit tout son corps se propulser hors de la trappe comme soudain attirée par une autre force de gravité. Elle roula sur l'herbe et se retrouva sur les fesses en une seconde. Pendant un instant elle crut être dans la ville de Marvela. Le paysage lui était familier. Mais rapidement, elle se rendit compte que ce n'était pas le cas.

Les maisons étaient en ruine, et il n'y avait pas âme qui vive dans les rues désertiques. Le ciel assombrissait le paysage lugubre, qui faisait frissonner Alice. Elle prit

instinctivement le chemin du manoir, car si elle devait
retrouver quelqu'un dans cette ville fantôme, il fallait
bien qu'elle commence quelque part. Mais à la vue du
manoir, elle regretta rapidement son idée. Il était en
ruine, et si l'aspect lugubre de la ville était effrayant,
celui du manoir était encore pire.

Les murs de pierres, qu'elle connaissait gris et clairs,
étaient d'un noir de charbon. Les fenêtres les portes, tout
était détruit. Des mauvaises herbes avaient envahi le
jardin, et le chêne ressemblait maintenant à celui de
l'orphelinat. Des larmes roulèrent le long de ses joues.

Elle allait s'essuyer les yeux quand elle crut voir quelque
chose bouger derrière une fenêtre à l'étage.

Malgré sa peur, elle entra, les jambes tremblantes.

L'intérieur était dans un état épouvantable, et Alice se
demanda bêtement comment réagirait Stephan s'il
voyait ça. Elle parcourut les couloirs, quelques pièces,
mais il n'y avait personne. Peut-être dans l'aile ouest.

Il n'y avait pas de cordon rouge qui barrait le passage
cette fois. Alice s'introduisit dans l'aile ouest, et se dirigea
directement vers l'atelier de son père. Comme elle s'en
doutait, l'endroit était désert et en ruine, comme le reste
du manoir. Des horloges brisées étaient éparpillées au

sol, et Alice remarqua qu'aucune ne ressemblait à celles qu'elle avait vues dans l'autre manoir.

Où pouvait être cette personne que cet imposteur cherchait tant? Il fallait qu'elle cherche dans la ville. Elle sortit du manoir, la mine défaite. Bien que l'endroit soit désert, elle ne put s'empêcher de ressentir une sensation désagréable. Comme si quelqu'un l'observait dans son dos. Mais un regard alentour lui confirma qu'elle était bel et bien seule.

Elle marcha jusqu'au centre de la ville. Elle arpentait la cour des merveilles depuis une heure ou dix, elle ne savait plus quand elle l'entendit. Une musique s'élevait, douce et suave, et s'amplifia à mesure qu'Alice s'approchait de sa source.

L'enseigne de la boutique d'où semblait provenir le son indiquait: Les Miroirs Mirobolants de Narcisse Versalis. La vitrine, comme toutes les autres, était cassée, et des miroirs, cassés eux aussi, étaient empilés un peu partout en désordre.

L'endroit était sombre, mais suffisamment éclairé pour qu'Alice puisse s'y déplacer sans trébucher. Des miroirs jonchaient le sol, et rien dans la boutique n'indiquait qu'il y avait quelqu'un. Derrière le comptoir, une porte fermée semblait mener à une remise. La musique devait forcément venir de là, se dit-elle.

Elle contourna le comptoir, ouvrit la porte et pénétra à l'intérieur. Un instant plus tard, les yeux accoutumés à l'obscurité qui régnait, Alice distingua un tourne-disque qui continuait à jouer sa musique douce. Les murs étaient recouverts de miroirs en tout genre et en parfait état. Au centre de la pièce se trouvaient une table et une chaise, sur laquelle était assis un homme qui lui tournait le dos. Il portait une redingote et un chapeau haut de forme rapiécé. La musique cessa soudainement et une voix d'outre-tombe s'éleva :

- Bonjour Alice.

CHAPITRE 15 :
Le Sombre Chapelier

Alice se figea. Les épaules de l'homme se mirent en mouvement et il se leva de toute sa hauteur. Il se retourna lentement et Alice découvrit son visage.

Ces yeux énormes et épouvantables, ce chapeau, cette voix sombre : elle se tenait face au Sombre Chapelier. Comme paralysée, elle ne bougeait pas. Elle aurait voulu s'enfuir à toutes jambes, mais c'était comme si son corps ne lui obéissait plus. Le sombre chapelier la regardait intensément. Ferme les yeux Alice, souviens-toi, il contrôle l'esprit des gens, se dit-elle. Elle ferma les yeux.

- C'est inutile, je n'ai pas besoin d'utiliser quoi que ce soit de magique pour te faire peur, dit le chapelier, je vois que ma réputation me précède et que tu sais qui je suis. Mais laisse-moi me présenter dans les formes !

Alice rouvrit les yeux pour le regarder. Il enleva son chapeau et s'inclina devant elle dans une révérence exagérée :

- Romuald Lechapelier, plus connu sous le nom du Sombre Chapelier. Je suis enchanté de te rencontrer enfin Alice Mervel !

Alice réfléchissait à toute vitesse. L'imposteur devait travailler pour cet homme, et c'est donc ici qu'il avait disparu tout ce temps.

- Co… comment… savez-vous qui je suis ? parvint à articuler Alice.

- Oh mais je sais beaucoup de chose, répondit le chapelier d'un ton badin, figure-toi que j'étais là le jour de ta naissance. Ce fut malheureusement aussi le jour où ton très cher père m'a enfermé ici, dit-il avec une colère soudaine. Je vois que tu as enfin rencontré Narcisse.

- Qui est Narcisse ? demanda Alice d'une voix incertaine

- C'est la personne qui t'a envoyé ici. Je crois bien que tu l'appelais Anette.

- Pourquoi l'avez-vous envoyé me chercher ? Que me voulez-vous ?

- Et bien cela me semble évident tu ne crois pas ?

Le Sombre Chapelier lui fit signe de regarder autour d'elle.

- Je veux que tu me sortes d'ici. C'est ton père qui m'y a enfermé, il me semble que ce ne serait que justice que sa fille m'en sorte, ne penses-tu pas ? Seul un retourne-temps peut ouvrir la porte vers l'autre monde, lui dit-il.

- Vous êtes un meurtrier, dit Alice, qu'une colère avait envahi, je ne peux pas vous laisser sortir. Mon père vous a enfermé ici pour de bonnes raisons.

- Mais c'est qu'elle a du courage. Tu sais, tu ressembles beaucoup à ta mère. Elle aussi a essayé de me défier. Et tu as vu le résultat ?

Alice sentit une fureur foudroyante la gagner et des larmes lui montèrent aux yeux.

- Vous êtes un monstre, lui dit-elle entre ses dents

- Oh je sais, je sais, lui dit-il en riant, et l'on m'a donné des noms bien pires. Ton père a été très inspiré en créant cet endroit. Quelle meilleure prison pour un homme comme moi qu'un monde à l'envers ?

C'était donc ainsi que cet endroit s'appelait. Et c'était son père qui l'avait créé. Elle songea brusquement que son père devait être ici aussi.

- Est-ce que… est ce que mon père est…

- Mort ? L'interrompit le chapelier.

Il prit une mine triste.

- Je le crains fort, ma chère.

Alice fondit en larmes. Elle ne pouvait pas craquer maintenant, mais c'était trop pour elle. Le meurtrier de ses parents était là devant elle, la menaçant. Janice, pense à Janice, se disait-elle. Mais elle ne pouvait pas laisser sortir ce monstre. La montre de son père se mit à émettre un cliquetis. Alice baissa les yeux vers sa poche.

Elle évalua ses options. Il fallait qu'elle sorte de cette remise, et qu'elle retrouve la trappe. Mais le Sombre Chapelier allait sûrement la poursuivre et l'empêcher de sortir. Il était plus grand qu'elle et aussi beaucoup plus fort. Il la regardait toujours fixement.

Elle se décida alors à bouger. Elle fit un pas en arrière.

- Où penses-tu aller ?

- Je ne peux pas vous laisser sortir, lui répondit Alice en essayant de reculer encore un peu.

La porte ne devait pas être si loin, se dit-elle.

- Et je ne peux rester ici. J'ai l'impression que nous avons là un sacré dilemme à résoudre. Et je sais que tu n'es pas arrivée ici de ton plein gré. Puis-je te montrer quelque chose ? lui dit-il avec

une lueur d'excitation dans ses yeux
épouvantables.

Sans vraiment attendre une réponse, il se dirigea vers
l'un des miroirs du mur. Il prononça une formule
étrange tout en posant sa main sur la surface miroitante.
Doucement se dessinèrent les contours de la bibliothèque
du manoir.

- JANICE ! s'écria Alice en voyant son amie
  toujours assise, l'imposteur près d'elle faisant les
  cent pas.

- Elle ne peut pas t'entendre. Vois-tu, j'ai eu le
  temps d'acquérir quelques talents depuis douze
  ans, dont la magie des miroirs. C'est ainsi que
  j'ai pu rentrer en contact avec Narcisse. C'est
  ainsi que j'ai pu te voir arriver au manoir. J'ai
  voulu organiser ton enlèvement, mais ce stupide
  imposteur ne s'était même pas assuré que tu
  avais bien pris le poison.

L'air démoniaque, il s'esclaffa.

- Mais finalement, tu es là, et si tu ne veux pas que
  j'ordonne à Narcisse de tuer ton amie, tu vas
  faire tout ce que je te dis.

Alice, qui avait profité de l'occasion pour reculer le plus possible, se tenait prête à s'enfuir en courant. Le chapelier enleva sa main du miroir.

- Voudrais-tu voir autre chose ?

Il posa à nouveau sa main sur le miroir :

- J'ai toujours adoré regarder mes vieux souvenirs, dit-il d'un ton calme, alors que les contours d'une pièce prenaient forme sur la surface.

Une chambre alors se distingua clairement. Une jeune femme blonde et menue se tenait debout en robe de chambre. C'était sa mère. Elle était terrifiée. Le sombre chapelier avançait vers elle. Un homme aux cheveux couleur chocolat arriva en courant dans la pièce. Son père. Mais il était trop tard. Le chapelier avait attrapé sa mère par la taille et plongeait son regard dans le sien. Sa mère, dans un hoquet de terreur secouant tout son corps d'un spasme violent, s'effondra sans vie dans les bras du monstre. Alice vit son père hurler et se jeter sur le sombre chapelier, avant que les deux hommes ne disparaissent soudainement.

Le chapelier enleva sa main du miroir. Il prit un air nostalgique.

- C'est tellement dommage, ça aurait pu se passer autrement. Ton père n'aurait jamais dû se mettre sur mon chemin.

Hypnotisée par l'horreur de la scène qui venait de se dérouler sous ses yeux, Alice n'émettait aucun son.

Est-ce qu'elle courait ?

Elle ne le comprit que lorsqu'elle trébucha sur un miroir et tomba avec fracas parmi les bris de verre.

Elle sentit une douleur dans son mollet et vit avec horreur qu'elle s'était blessée, profondément. Du sang s'écoulait abondamment de la blessure qu'elle venait de se faire.

Elle se leva précipitamment et vit le sombre chapelier contourner le comptoir. Elle se remit à courir, sans regarder derrière, sans penser à la douleur qui lui courait maintenant le long de la jambe.

- TU NE POURRAS PAS M'ÉCHAPPER ALICE ! hurlait le chapelier d'une voix plus terrifiante que jamais.

Mais Alice ne regarderait pas derrière elle. Elle courait, de toutes ses forces, pour éloigner ce monstre d'elle, de sa famille, de Janice.

Combien de temps s'était écoulé ? Elle ne le savait pas, mais elle vit bientôt les contours du manoir. Sans s'arrêter ni se retourner, elle rejoignit l'étendue d'herbes sèche. Elle n'entendait plus le sombre chapelier lui courir derrière.

Elle atteignit la trappe. Elle s'apprêtait à descendre dans la tour pleine de rouages quand une main lui agrippa le bras violemment.

Le chapelier ! Alice ne sut comment il était arrivé aussi vite et aussi silencieusement derrière elle.

- JE TE TIENS !

S'il utilisait son monocle sur elle, tout était perdu. Mais il se contenta de la tenir fermement, serrant son bras si fort qu'elle crut qu'il allait se briser.

- LAISSEZ-MOI PARTIR !! hurlait-elle de toutes
   ses forces en ruant et en se débattant.

Quoi qu'elle fasse, elle n'arrivait pas à lui faire desserrer son étreinte.

- Mais qu'est-ce que…

Alors Alice vit le monstre se figer. Mais il ne la regardait pas. Elle tourna les yeux vers ce qui avait attiré son attention. Une masse sombre venait de se former en face d'eux.

Une centaine de colibris volait dans leur direction. La nuée, qui se mouvait comme un seul corps, bourdonnait bruyamment.

Alice les observait avec autant de stupeur que le Chapelier, dont le visage avait pris une expression de fureur.

En moins d'une seconde, les colibris furent sur le Chapelier. Il lâcha le bras d'Alice pour se protéger le visage. Les colibris, féroces comme jamais, s'attaquaient à ses yeux sans relâche.

Alice, qui était enfin libre, plongea à travers la trappe. Sans même réfléchir une seconde, elle se mit à descendre les rouages, l'un après l'autre. Elle laissait derrière des gouttes de sang qui coulait encore de sa jambe blessée. Les cris du Chapelier résonnaient de plus en plus loin.

Elle sortit la montre de son père dès qu'elle atteignit le sol. Son cœur battait si fort qu'elle l'entendait battre dans ses oreilles.

Elle ferma les yeux et appuya sur le bouton qui l'avait amené dans le monde à l'envers. Elle sentit l'odeur familière des livres de la bibliothèque. Mais lorsqu'elle ouvrit les yeux, la bibliothèque se mit à tourner, et elle ne vit que la silhouette de Madame Elisa avant de sombrer dans le néant.

CHAPITRE 16 :
Les maux de la fin

Lorsqu'Alice ouvrit les yeux, une petite boule de fourrure l'observait avec des yeux ronds. Elle se trouvait dans son lit. Quelques secondes passèrent avant que tous les souvenirs des derniers évènements ne surgissent de manière fulgurante dans son esprit. Elle se redressa brusquement.

- Oh là, du calme Alice, tout va bien !

Sa tante Elisa était assise sur le bord du lit, des cernes sous les yeux. Elle la regardait avec un mélange de tristesse, d'inquiétude, de soulagement, le tout en même temps.

- Où est Janice ? lui demanda aussitôt Alice

- Elle va bien. Elle te rend visite tous les jours depuis que tu as été blessée.

- Tous les jours ?

- Tu as dormi pendant trois jours Alice. Ton grand-père et moi étions fous d'inquiétude. Pourquoi n'es-tu pas venue nous parler d'Anette ?

- Oh mon Dieu ! Anette ! où est-elle !? demanda Alice soudain paniquée
- Ne t'en fais pas, lui dit doucement sa tante, elle a été emprisonnée. Enfin, il a été emprisonné. Il s'agissait en fait de Narcisse Versalis, un voleur de reflet non enregistré. C'était un ancien adepte du Sombre Chapelier et il faisait profil bas depuis sa disparition. Il a décidé d'agir quand il a su que tu existais. Il avait enfermé Anette, la vraie Anette, dans une pièce de l'aile ouest du manoir et lui volait son reflet pour se faire passer pour elle. Heureusement, nous l'avons retrouvée à temps. Ainsi que Stephan, qu'il avait capturé aussi.
- Mais comment as-tu su que nous étions en danger ?
- Je passais la journée chez la famille Lecurieux, ce sont des spécialistes en magie et créatures magiques. Lorsque je leur ai parlé du comportement des fées bleues envers Anette, ils m'ont demandé des détails sur elle, si elle avait un comportement bizarre. Je leur ai simplement dit qu'elle était très distraite et oubliait souvent des choses. Et ils n'ont pas mis longtemps à faire

le lien. Les imposteurs, à force de prendre l'apparence d'autrui, n'ont aucune mémoire. Et ils sont adeptes de sombre magie, c'est pourquoi les fées bleues brisaient les miroirs, pour qu'il ne puisse plus s'en servir pour voler des reflets. Nous sommes revenus immédiatement au manoir avec Archibald et des membres de la garde royale. Mais… j'aimerais savoir Alice… où as-tu trouvé la montre de ton père ?

La montre ! Alice l'avait complètement oublié ! Elle lança à sa tante un regard atterré. Celle-ci la regardait cependant avec bienveillance, et ne semblait pas en colère, mais plutôt inquiète.

- C'est l'imposteur qui l'a mise dans mon lit pour que je la trouve, finit-elle par répondre d'une petite voix, il voulait que je…

Elle se tut et fut secouée de tremblement au souvenir du sombre chapelier. Le pouf-pouf qui se tenait près de son coussin se mit à sautiller.

- Je sais pour le sombre chapelier, lui dit sa tante en posant une main douce sur son bras, L'imposteur n'a pas mis longtemps à parler. Il a fini par avouer qu'il avait été contacté par le sombre chapelier à travers les miroirs de sa boutique de la cour des merveilles. Ils ont ensemble échafaudé un plan pour t'amener à lui, afin que tu le libères. Tu as démasqué l'imposteur après qu'il ait échoué à t'empoisonner le soir du bal, ce qui l'a poussé à agir au plus vite. J'aurais voulu arriver à temps avant que… je suis tellement désolée Alice.

Sa tante pleurait.

- Est-ce que… tu l'as vu ? lui demanda-t-elle entre deux sanglots.

Sans savoir comment, Alice sut qu'elle ne parlait pas du sombre chapelier. Mais elle n'avait pas le courage de lui dire que ce dernier avait tué son père. Cela l'anéantirait, comme ça l'avait anéanti elle. Et elle ne voulait pas non plus lui parler de ce que le Sombre Chapelier lui avait montré dans le miroir.

- Je n'ai vu que le sombre chapelier, lui dit-elle alors, il m'attendait dans la boutique de miroir de l'imposteur. Il m'a poursuivi et j'ai réussi à m'échapper grâce à des colibris.

Elle n'ajouta rien d'autre. Le pouf-pouf s'affairait sur sa jambe blessée, dont l'entaille disparaissait peu à peu. Sa jambe ne la faisait plus souffrir.

-   Bon, repose-toi Alice, je vais te faire monter un déjeuner. Archibald viendra te rendre visite dans la journée avec Janice.

Sa tante l'embrassa sur le front et quitta la pièce en emportant dans sa main le pouf-pouf qui avait terminé ses soins magiques.

Elle resta étendue ainsi pendant quelques minutes quand Rosetta fit son entrée, un plateau dans les bras.

-   Oh ma douce petite, c'est un plaisir de vous voir enfin réveillée !

Alice lui sourit.

-   Bonjour Rosetta.
-   Comment vous portez vous ? lui demanda-t-elle en posant le plateau devant Alice.
-   Bien, merci Rosetta.

Le ventre d'Alice se mit à gargouiller lorsqu'elle vit les toasts aux œufs fumants et les saucisses juteuses posées devant elle. La cuisinière la laissa manger tranquillement, la quittant, un sourire béat sur le visage. Elle se mit à dévorer son plat, repassant dans sa tête le fil des évènements d'il y a trois jours. L'épouvantable image de sa mère au moment de sa mort lui glaça les entrailles et elle cessa aussitôt de manger.

Et là, sans pouvoir contrôler quoi que ce soit, Alice se mit à pleurer. Les larmes coulaient, sans discontinuer, tels deux océans se déversant de ses yeux violets.

Les horreurs qu'elle avait vues, vécues, la submergèrent, comme une vague géante.

Elle repoussa le plateau et s'allongea, pleurant toujours.

Archibald se tenait au-dessus d'elle quand elle se réveilla.

- Bonjour Alice. Comment te sens-tu ?

Il avait exactement la même expression que sa tante plus tôt. Leur ressemblance n'en était que plus frappante.

Alice se redressa et elle vit Janice qui se tenait au pied de son lit.

- Janice ! s'exclama-t-elle en souriant

- Alice, je suis si heureuse de te voir !

Janice sauta sur le lit.

- J'ai tellement de choses à te raconter !

Archibald les observait d'un air amusé.

- Je viendrais te voir plus tard Alice.

Janice se tourna vers Alice aussitôt qu'il eut quitté la chambre.

- Je suis tellement désolée Alice ! lui dit-elle dans un sanglot, je n'aurais jamais dû te pousser à confronter Anette !

Alice fut surprise de voir que son amie se sentait si coupable.

-   Non Janice, tout est de ma faute, je n'aurais jamais dû utiliser la montre de mon père, si je l'avais donnée à ma tante comme tu me l'avais dit, nous n'aurions jamais eu tous ces ennuis !

Les jeunes filles se regardèrent en silence.

-   Au moins, on a réussi à démasquer un imposteur et empêcher le Sombre Chapelier de revenir ! dit Janice avec une fierté non dissimulée. Le roi et la reine étaient furieux de voir qu'un imposteur était passé entre les mailles du filet, normalement ils sont obligés de s'enregistrer.

-   Le roi et la reine ? s'étonna Alice, ils sont au courant ?

-   Bien sûr ! Ils étaient très contents d'ailleurs de mettre la main sur la personne qui avait empoisonné leur fils ! Mon père était fou de rage, parce qu'il avait fait une perquisition dans cette boutique, à cause de personne qui disait voir leur double sans arrêt. Mais il n'avait rien pu trouver pour le prouver. La pauvre Anette, je veux dire, la vraie Anette est passée dans sa boutique il y a quelques mois, elle voulait t'acheter un miroir pour ton arrivée au manoir, et il a sauté sur l'occasion pour lui voler son reflet. Il l'a attaqué un soir en ayant déjà pris sa forme et se faisait passer pour elle depuis tout ce temps.

Alice écoutait Janice, intriguée par les détails des évènements qui avaient mené à son voyage vers le monde à l'envers.

- Ta tante heureusement n'a pas mentionné à mon père que nous avions effectué un voyage dans le temps, elle s'est contentée de dire qu'elle avait remis la montre en sécurité. Anette, enfin l'imposteur, la lui avait volée et elle ne s'en était pas aperçue.
- Janice, il faut que je te parle de quelque chose.

Alors Alice lui décrivit sa rencontre avec le sombre chapelier. Quand elle eut fini, Janice s'était mise à pleurer.

- Oh Alice, je suis tellement désolée. Je ne peux pas imaginer ce que tu peux ressentir à cet instant.

Alice ne sut que dire, car elle ne pouvait pas non plus décrire ce qu'elle ressentait vraiment. Un vide s'était creusé en elle, un vide immense, qui ne semblait pas assez grand pour contenir la douleur qui l'envahissait.

Janice lui prit la main tendrement.

- Merci Alice, de m'avoir montré que l'on pouvait être courageux même lorsqu'on a peur. Je dois te dire que même mon père est impressionné. Il n'arrête pas de me harceler pour que je t'invite à un dîner qu'il tient à donner en ton honneur ! lui dit Janice en riant doucement.

Un sourire s'esquissa sur le visage d'Alice.

Elle finit par répondre :

- Tu pourras lui dire que j'accepte l'invitation avec grand plaisir.

Archibald vint lui rendre visite après le départ de Janice. Alice, qui sentait ses paupières s'alourdir, l'accueillit tout de même avec joie.

- C'était si imprudent de ta part, tu es comme ton père à ton âge, à agir ainsi sans réfléchir. Tu aurais dû venir nous parler ! s'emporta-t-il d'une voix inquiète.
- Je sais grand-père… je n'ai pas réfléchi. Je suis désolée.

La voyant ainsi, il se calma.

- C'était très dangereux ce que tu as fait, utiliser cette montre seule… mais je suis heureux que tu sois saine et sauve. C'est le plus important.

Alice eut l'idée de lui poser une question qui lui tournait dans la tête depuis un moment.

- Lorsque j'étais dans le monde à l'envers, le sombre chapelier a dit quelque chose. Il a dit que l'endroit où nous nous trouvions avait été créé par mon père. Et quand j'ai dû traverser un endroit étrange avec des rouages géants, j'ai vu sur les murs des images du passé, j'ai vu tante Elisa plus jeune qui dansait avec le roi.

- Haaa, je sais ce dont il s'agit. Ton père était un homme d'une intelligence rare. Il a travaillé longtemps sur la montre qui t'a servi à remonter le temps et il a créé cet endroit pour y emprisonner le sombre chapelier lorsque nous le combattions encore. La tour que tu as grimpée traverse le temps, et ses murs racontent le passé. Jonas l'appelait avec humour le temps de travers, dit-il en riant, et le monde que tu as vu se situe dans un autre espace-temps. C'est pour cela qu'il était semblable au monde des merveilles, tu ne l'as pas vraiment quitté en réalité. Le sombre chapelier ne peut en sortir sans l'aide d'un retourne-temps muni de cette montre en particulier. Elle est l'unique clé qui peut le délivrer.

Alice frissonna à l'idée que cet être puisse un jour être libéré dans la nature.

- N'y pense plus Alice, lui dit son grand-père, endors-toi. Tout est terminé et tu es en sécurité, le sombre chapelier ne peut plus te faire aucun mal.

CHAPITRE 17 :
Un nouveau service à thé

Le mois de décembre arriva très vite.

Alice avait retrouvé ses habitudes avec Janice, et l'on n'entendait plus parler du sombre chapelier dans le manoir. Après les évènements du mois de septembre, Madame Elisa prit la décision de condamner l'aile ouest du manoir de manière définitive. Un mur de pierre fut érigé en lieu et place du cordon rouge.

La montre qu'Alice avait utilisée, l'Hybris Artistica de son défunt père, avait été mise dans un coffre-fort que Stephan scella par magie.

Mais Alice ne songeait pas à l'utiliser, d'ailleurs elle fit tout ce qu'elle put pour l'oublier.

Madame Elisa avait renoncé à toutes ses visites mondaines depuis que l'empoisonneur du bal d'hiver avait été formellement identifié. Cependant, le manoir vit peu à peu les visites mondaines venir à lui et se succéder.

Le bruit de l'aventure d'Alice avait fait le tour du monde des mille merveilles, et tous tenaient à rencontrer la petite fille qui avait affronté le sombre chapelier.
Elle souffrit ainsi de nombreuses cérémonies, mais toujours sous le regard bienveillant de sa tante.

Le matin du 31 décembre, à l'occasion du Nouvel An, Anette arriva en courant dans la chambre d'Alice. Suite à son retour au manoir, celle-ci ne pouvait s'empêcher de regarder la petite femme rousse du coin de l'œil, avec une méfiance irrationnelle.

- Vous ne devinerez jamais qui va venir au manoir ce soir ! lui dit-elle d'un ton enjoué
- Aneeeette ! gémit Alice la tête dans l'oreiller, il est encore trop tôt !
- Mais vous ne savez pas encore la nouvelle !! je voulais vous le dire immédiatement !

Alice leva la tête.

- Qui va venir Anette ?
- Le priiince !! dit-elle avant de pousser des petits cris de joie en sautillant sur place

Alice se redressa vivement. La dernière fois qu'elle avait vu le prince, il était haut comme trois pommes et elle le tenait dans sa main.

- Le prince Raphaël ? demanda Alice, pour être sûre d'avoir bien entendu
- Bien sûr le prince Raphaël, qui d'autre ?! lui répondit Anette comme si la question était des plus idiotes
- Bien Anette. Je vais me lever, merci, lui dit Alice en soupirant.

Elle ne savait pas ce qu'elle lui dirait quand elle le verrait. En s'habillant, elle se dit que Janice aurait sûrement une idée. Et de plus, elle serait présente ce soir donc elle pourra compter sur elle quand elle sera face au prince.

Elle passa la matinée dans la bibliothèque. Sa tante organisait la réception du Nouvel An accompagnée de Stephan, qui vérifiait tous les aliments qui entraient dans le manoir. La venue du prince, aussi inattendue que le soir du bal, avait en effet plongé tout le personnel et Madame Elisa dans une sorte de paranoïa collective. Janice arriva l'après-midi et elles essayèrent leurs robes ensemble, s'amusant à se faire des révérences, imaginant des sujets de conversations qu'elles pourraient avoir le prince. Janice espérait qu'il invite Alice à danser. Elle peignait un paysage de romance à l'eau de rose, et s'amusait de voir Alice rougir lorsqu'elle en parlait.

Ce à quoi Alice ne s'attendait pas, c'était de voir son amie perdre tous ses moyens une fois devant lui.

- Bon… bonjour… votre… alt… altesse ! balbutia-t-elle lorsqu'il vint les saluer.
- Janice, lui dit-il en s'inclinant.

Elle devint écarlate en une seconde. Alice, qui comptait sur elle pour lui donner du courage face au prince, se désespérait à présent.

Le prince lui prit la main et y déposa un baiser.

Décidément. Elle ne l'avait vu faire cela qu'avec elle.

- Alice. Je suis ravi de te revoir.

Alice lui fit une révérence gracieuse. C'est qu'elle s'était entraînée.

- Votre Altesse.

Ses cheveux blonds lui donnaient un air candide, mais ses yeux d'un vert vif reflétaient une chose étrangement familière à Alice. Mais elle ne put mettre le doigt dessus. La piste de danse vit peu à peu les invités se mettre en mouvement, et le prince fut appelé ailleurs. Quand elles furent enfin seules, Alice se tourna vers son amie trop émotive.

- Je ne comprends pas ! lui dit-elle, tu voulais le rencontrer depuis une éternité et quand il est devant toi tu ne trouves rien de mieux à faire que bégayer !
- Je sais, lui répondit Janice d'un air contrit, j'ai perdu tous mes moyens ! Il m'impressionne tellement !

Ce n'est qu'un prince après tout, se dit Alice pour elle-même, de peur de provoquer à Janice une attaque.

Le prince Raphaël ne revint vers Alice qu'à une heure avancée de la nuit. Janice s'était endormie sur un fauteuil, et Alice regardait une femme visiblement très avinée qui essayait de faire disparaître des objets sous les yeux ébahis d'un groupe d'invités.

- Les enchantements et le vin ne font pas bon ménage généralement, entendit-elle derrière elle.

Le prince, un verre de champagne à la main, s'assit près d'Alice.

- Généralement, les gens évitent de faire des tours lorsqu'ils ont bu, poursuivit-il en désignant la femme du doigt, certains accidents ne sont pas beaux à voir.

- Je n'avais jamais vu quelqu'un faire disparaître un objet.
- Oh ça, ce n'est rien. Tu tomberais à la renverse si tu voyais ce que les gens de la cour sont capables de faire ! lui dit-il.

Elle sauta sur l'occasion.

- Je suis désolée, pour le bal d'hiver. J'espère que votre guérison n'a pas été trop pénible.

Il l'observa en penchant la tête.

- Mais tu n'y étais pour rien Alice, tu as été victime de cet imposteur autant que moi. Et puisqu'on en parle, je voulais te dire à quel point je te trouve courageuse… d'avoir affronté cet homme, seule…

Il plongea ses yeux dans son verre.

- Je ne sais pas si tu es au courant, mais je ne suis pas le fils naturel du roi et de la reine.

Alice le savait, oui.

Le prince poursuivit, sans lâcher son verre des yeux.

- Mon père était le frère du roi Alanor. Il a été tué par le sombre chapelier.

Surprise par cette confession inattendue, Alice ne savait pas quoi lui répondre.

- Ce que je voulais te dire en fait, c'est merci, lui dit-il en levant soudain la tête vers elle. Merci de ne pas avoir laissé ce monstre s'échapper.

Ainsi, il la comprenait et lui était reconnaissant d'avoir empêché le retour du sombre chapelier. Les deux enfants se sentirent alors plus proches que jamais.

Lorsqu'ils se quittèrent, Alice ne savait pas quand elle le reverrait. Mais elle savait qu'un lien d'amitié venait de naître entre eux, un lien qu'ils étaient les seuls à comprendre, car ils avaient connu la même souffrance.

<u>Matin du 13 Janvier 2012 — Bureau privé de Madame Elisa.</u>

Madame Elisa prenait le thé dans son bureau. Presque un an s'était écoulé depuis l'arrivée d'Alice. Elle était heureuse de la voir grandir, chaque jour. L'enfant avait beau être le portrait de sa mère, elle lui rappelait son frère Jonas par son caractère. Depuis le mois de septembre, elle avait exercé une surveillance constante sur Alice. Elle sentait qu'elle lui cachait quelque chose, quelque chose qu'elle avait vu ou que le chapelier lui avait dit, qui la réveillait en hurlant la nuit. Le médecin

qu'elle avait fait venir avait tenté de calmer son esprit,
mais les cauchemars ont persisté. Avant de s'évanouir.

Depuis le Nouvel An, Alice dormait mieux. Et Madame
Elisa s'en réjouissait.

Les affaires du manoir n'étaient pas mauvaises non plus.
Répandue comme une traînée de poudre, l'histoire
d'Alice Mervel avait suscité un engouement nouveau
pour les sublimes horloges d'Archibald, et les
commandes avaient explosé.

Les fées bleues du jardin étaient mieux traitées que
jamais. Personne ne jouait avec elle bien entendu, mais
personne ne prenait la peine de les chasser lorsqu'elles
entraient dans le manoir. La vie avait repris son court, et
l'on ne pouvait trouver de demeure plus harmonieuse
dans tout le monde des mille merveilles.

La tasse à la main, Madame Elisa songeait à tout cela,
feuilletant distraitement les pages d'un livre de compte.
Quelqu'un toqua à la porte.

- Entrez ! dit-elle sans lever les yeux.

La porte s'ouvrit.

- C'est pour...

Madame Elisa ne put finir sa phrase. La personne qui
venait d'entrer n'était pas Stephan.

Un homme, à l'aspect hirsute, venait de s'introduire dans le bureau.

Des yeux couleur noisette scrutaient Madame Elisa à travers une épaisse barbe et des cheveux longs couleur chocolat.

Madame Elisa lâcha la tasse qu'elle tenait. Un bruit de porcelaine brisée retentit.

« Jonas ! »

TABLE DES MATIERES

Printed in Great Britain
by Amazon